U0899695

洛阳春日最繁华，
红绿阴中十万家。
谁道群花如锦绣，
人将锦绣学群花。

光暗，幕起
带你穿越唐朝

狄仁杰

大唐并州法曹参军，断案如神。被诬陷下狱后，得工部尚书阎立本解救，并推荐入大理寺。在洛阳偶遇睿姬，一见倾心，却发现神都龙王案跟她有千丝万缕的关系。陷入两难。

银睿姬

身份成谜的官伎，容貌艳丽，多才多艺，终成一代花魁。本已感动于元镇执着，决意与其相伴一生，不料却遇到了令中克星狄仁杰。

武后

大唐皇后。跟皇帝李治合称“二圣”，权势无双，为铲除异己，贬斥宰相上官仪。正当志得意满之时，不料突发龙王一案，大唐远征船队出师不利。为追查元凶，破格提拔狄仁杰。

元镇

南方富商公子，家传雀舌乃皇贡名茶。好写诗，爱慕睿姬，不断写情诗赠予睿姬，终获睿姬青睐。后来阴差阳错，面目全非，依旧痴心不改，暗中守护着睿姬。

沙陀忠

原籍回纥，大理寺狱医，师父为太医王溥。忠心耿耿，正义凛然。在神都龙王一案中跟随狄仁杰出生入死，是狄仁杰不可或缺的好搭档。

尉迟真金

大理寺卿。武艺超群，心高气傲。龙王一案后全力追查，决意凭一己之力将凶手缉拿归案。没想到武后却钦点狄仁杰协助调查，心中不服，跟狄仁杰冲突频频。

狄仁杰之神都龙王

楚惜刀／作品

北京联合出版公司
Beijing United Publishing Co.,Ltd.

图书在版编目（CIP）数据

狄仁杰之神都龙王 / 楚惜刀著 . — 北京 : 北京联合出版公司 , 2013.9

ISBN 978-7-5502-1938-0

Ⅰ . ①狄… Ⅱ . ①楚… Ⅲ . ①长篇小说 - 中国 - 当代 Ⅳ . ① I247.5

中国版本图书馆 CIP 数据核字 (2013) 第 216642 号

狄仁杰之神都龙王

作　　者：楚惜刀

选题策划：北京磨铁图书有限公司

责任编辑：王　巍

封面设计：丫丫书装

版式设计：猫　荀

北京联合出版公司出版

（北京市西城区德外大街 83 号楼 9 层　100088）

廊坊市兰新雅彩印有限公司印刷　新华书店经销

字数 165 千字　700 毫米 ×980 毫米　1/16　15 印张

2013 年 10 月第 1 版　2013 年 10 月第 1 次印刷

ISBN978-7-5502-1938-0

定价：32.80 元

<目 录>

狄仁杰之神都龙王

自序 一剑可当百万师

我们这一代很多作者，
写奇幻的，
写言情的，
写悬疑的，
最早想写的都是武侠。
我们是武侠喂养大的孩子，
寄生在故事里，
而徐克就是那个不老的盟主，
把绚丽的江湖梦想放大在电影上。

四月间，微博私信里突然弹出一条消息：你愿意改编徐克的《狄仁杰前传》吗？写一部电影小说？

当然愿意！“徐克”的名字，就如百万雄兵，让人顿生归顺之意。

是的，我爱了他二十多年。曾经的徐老怪，现在大家爱叫他“老爷”。从《英雄本色》到《黄飞鸿》，从《豪门夜宴》到《笑傲江湖》，从《金玉满堂》到《刀》，他一直是我的偶像。

《七剑下天山》是我少年时读的第一部武侠小说，而他是《七剑》的导演。十年前，我有篇叫《蝶变》的小说，后来发现，和他的电影处女作同名。《双龙会》是成龙电影中我最喜欢的一部，他编剧的《新龙门客栈》我看了一遍又一遍……他是我读研时的课题之一，是我心中最能拍出古装片味道的神奇大侠，他亲笔手绘的电影分镜华丽唯美，就像他本人一样又帅又耐看。

最爱《青蛇》。1993年，我在电影院看到赵文卓饰演的年轻法海横空出世，张曼玉的小青腰肢妖娆，王祖贤的白蛇情深意重……惊艳的感觉至今难忘。十多年了，我的QQ名至今仍叫“莫呼洛迦”，《青蛇》的原声乐始终存放在播放器里，一遍遍听着辛晓琪和陈淑桦的歌声如流光飞舞。她们和黄霑、雷颂德两位大才，配合出完美的电影音乐。我因此爱上李碧华，翻出她所有的长篇看，一晃，又是很多年。

唯有老爷，能把这些妖娆的名字糅合在一起，催生出烟花般的灿烂。

他是我最爱的小说《蜀山剑侠传》的导演，1983年和2001年，两部蜀山传圆了我读小说时的梦想。原著有着汪洋恣肆的想像力，我以为唯有动画片可以呈现，他却展现出那个瑰丽无匹的世界。我一直在期待第三部蜀山的出现，电影技术发展至今，只有始终锐意创新的老爷，才能编织出更华彩的篇章！

他监制并编剧的《小倩》，不仅是整个20世纪90年代，也是之后中国最好的动画电影（上映日在香港回归后），风格幽默，叙事流畅，感情隽永。正如我的作品《魅生·凤鸣卷》初版今何在序言中写到的那样，每次卡拉OK，我会翻出《黑山老妖》那首歌得意地大唱：“我万人爱，已写进传奇内，金口半开，万众仰望期待……”林夕的词，胡伟立的曲，活生生写出不同于《倩女幽魂》的搞笑版黑山老妖。我也很爱老爷在片中的配音，你猜他配的是谁？情比金坚，他配的是一只名叫金坚的小狗，这位鬼才导演，是相当奇妙的人。

“人生如此，浮生如斯。”

仰望了很久的人物，终于有一天，离我这样近。他是我的青春年华，是我的武侠梦想，是不曾逝去的江湖再现。

我们这一代很多作者，写奇幻的，写言情的，写悬疑的，最早想写的都是武侠。我们是武侠喂养大的孩子，寄生在故事里，而徐克就是那个不老的盟主，把绚丽的江湖梦想放大在电影上。

在最好的华年遇到他。

悠悠二十数载，当青春老去，却在此刻再度重逢，到底不曾错过。

仔细想想，泪流满面。

所以，请允许一个粉丝真心地赞叹感慨，我知道还有很多人，比我更爱他。我们期盼多年，而后守候在电影院中，等待大幕开启的一刻，欢笑流泪。

能改编老爷的作品，是我的幸运。

拿到剧本，正式开始写小说是六月份的事了。

首先买了一本《唐代穿越指南》，准备了几十本关于唐代的参考书，避免犯常识性的错误，再开始研读剧本，推敲情节和人物。电影有放映时间的限制，因此集中表现狄仁杰破案的事件，而小说限于无法剧透，不能也不必把电影情节重新交代一遍。

于是我想写的，是那些人物为何会是那个样子；在故事发生之前，他们有着怎样的过去，与大唐历史紧密关联。

小说家言，必定是历史与虚构参半。所谓真相，在史书里浮浮沉沉，没有标准答案。是非真假的背后，写的无非是人性，千百年来，依旧没多少改变。一开始，我差点把它写成了历史小说，连“大人”一语也不敢妄用，但又须与剧本统一。后来想想老爷拍电影的风格，拘泥的念头就丢开了。这个潇洒的狄仁杰，本就是穿越而来，有着现代人的思维与法制的理想，我又何必纠结于一个称呼？

而后，我走入武后的世界，发现电影开篇前一年，历史上种种有趣的事。

我提了一笔《通天帝国》里以上官婉儿为原型的“上官静儿”，她虽然在《神都龙王》不曾出现，但我留下了她的名字。电影《龙门飞甲》里，老爷让陈坤从此有了“厂花”这一绰号，小说里他饰演的角色也现身了一回，可以找找在哪里。

必须老实承认，关于狄仁杰的影视作品，我仅看过老爷的《通天帝国》，对电视剧毫无所知。好在有狄仁杰评传，旧唐书、新唐书等历史资料，填补我对人物的印象，还要特别感谢法学博士煌瑛，替我解决文中的法律问题。狄仁杰是个奇人，就像老爷，无论顺境逆境都无法磨灭他的风骨。读制作手记时就有这感觉，电影中每个角色皆是徐克的化身，而狄仁杰，应该是所有人物中老爷执念最深的那一个吧。

武后，是我第二次在小说中书写。立下无字碑的武则天，我相信她的性格复杂多面，即使写十几个不同的她，未必能尽窥全貌。至于睿姬，虚构的角色却是剧本中最灵动的一个，一颦一笑牵动人心，如此尤物，即使是女性也会为之倾倒。最头疼的人物是才子元镇，为表现他的诗才，我只能引用唐代无名氏和好友莫雨笙的诗作，在此一并感谢，不敢掠美。

这个故事的写作，对我是个考验。主人公们在最后才相逢，此刻风云际会，电影刚刚开始。如果读完后，能勾起你观影的兴趣，则善莫大焉。如果你失望了，请把瓜果蔬菜丢给我，这不是剧本的错，相反，你更要去看看老爷创造的大唐盛世。

就像演员在电影上映前，往往没看过最终剪辑版，我也和你一样，终日拿着剧本幻想其中的美丽。可是剧本想象不出3D，想象不出老爷拍摄时的天马行空。我猜观影时，我会无数次扼腕，无数次以掌击额，发出虚弱的惋惜声：“天！这段如此精彩，我明明可以写到更好！”

诞生于1983年的《新蜀山剑侠传》是香港第一部电脑特技武侠片，

2010年的《龙门飞甲》是中国第一部3D武侠电影，这次的《神都龙王》更是挑战水下3D，老爷一次又一次给人惊喜，同时不断地培养各种视觉特效的人才。他的电影，必须在影院里感受精髓，而小说能描绘的，可能仅是人物欲语还休的心绪。

同样，由于电影精选狄仁杰初入大理寺时的一个紧密相扣的案件，事件前后仅十来天。我必须诚恳地告诉你，小说尽管上溯大半年前的历史，却没有刻意拉成长篇，而是保持了中篇的容量。在一本书只值一杯咖啡的年代，希望书中收录的制作手记和精美剧照能稍稍弥补缺憾，不能说物超所值，起码足显诚意。

我写给我的偶像看，篇幅不长，却绝不敷衍，那些人物已经鲜活地刻在我心底。

只待光暗，幕起——

带你穿越唐朝。

狄仁杰之神都龙王

第一章 那一笑的风情

这年十月，秋光正好，
长安城风吹香动，满城金蕊赤英，
秋色霞光引得万民争睹，
车马浩浩荡荡铺出城去。
去年落成的蓬莱宫，
深紫轻黄，一片锦绣颜色。
太液池箫韶声动，
帝后二人端坐池中亭内，
遥看满园的嘉木名花。

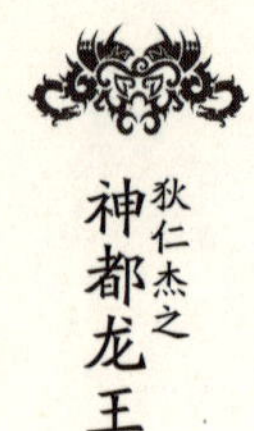

公元六六四年，大唐麟德元年，皇帝李治三十七岁，皇后武氏四十一岁。

大唐皇帝正值盛年，可他的心，已经老了。

显庆五年，皇帝患风眩病，武后开始处理百司奏事，权柄日长。对皇后理政，百官多有怨言，但显庆六年发生的一桩事，像是上天在庇佑这个女人，她逐渐高升的权势变得无法可挡。

当时苏定方远征扶余，皇帝竟欲亲征。以孱弱之躯远赴战场会是什么结局？百官的阻止软弱而无力，或是为了力证他的尊严，皇帝铁了心要往前线炫示龙威。

幸好武后上书劝阻。

不知经历了怎样的拉锯，雄心勃勃的皇帝终于作罢。可想而知，在放弃亲征的决定时，一心想超越父亲李世民的皇帝，颓然发现，他已经是个老人。曾经的文治武功，随着他的病躯一起老去。

在与皇帝的争斗间，百官怀着矛盾复杂的心情，看待武后的掌权。一颗政治新星出现在帝国的朝堂上，她来自后宫，因此一天十二个时辰，皇帝无时无刻不在她的监控下。整个大唐帝国，同样处于她的掌控之下。

好在江山，依旧姓李。

所有的政令，皇帝是最终的决策者，武后仅是他的代言人。百官以此安慰，直至麟德元年，发生了两件极为重要的事，天平继续向武后倾斜。

其一，是武后经历了一场“废后”风波，笑到了最后，反而得以垂帘听政，与皇帝李治并称“二圣”，离她踏上更高的宝座，又近了一步。

其二，则是日后扭转乾坤，令她还政于李唐的关键人物——狄仁杰——被诬告下狱，对旁人而言的危境，却使他一跃而出，直上青云，迈向了朝廷的核心。

冥冥中仿佛有天意，在为武后敞开一条大道的同时，上天又画了一个圈，把她束缚在无形的命运之内。那个成全她鼎盛帝国的男子，被唤为“国老”的狄仁杰，成为了再造唐室的有力推手，他生前死后的重重布局，完美地抑制了武周王朝。

一切，要从那个金秋时分说起。

这年十月，秋光正好，长安城风吹香动，满城金蕊赤英，秋色霞光引得万民争睹，车马浩浩荡荡铺出城去。去年落成的蓬莱宫，深紫轻黄，一片锦绣颜色。太液池箫韶声动，帝后二人端坐池中亭内，遥看满园的嘉木名花。

先是闲说几句政事，没多久皇帝乏了，武后道：“罢了，叫他们停了歌舞。”

龙舟舞乐撤去，四周瞬间悄寂下来，武后眼圈忽然一红，低首抹泪。

“我苦命的乖女，不曾有一日见过这等美景。”

皇帝默然，两人十一年前得长女，不料一个月即夭折。直到次年三月，追封为安定公主，以亲王葬仪将卤簿供葬从咸阳德业寺迁至长安崇敬寺。他早已不记得孩子的模样，唯独媚娘痛不欲生的面容，犹在他心底。

那时婉丽乖巧的她，如今眉眼锐利如锋，洋溢着不可逼视的光芒。她的媚，从柔媚转为明媚。或许她从来就是一块宝玉，他病了，于是她磨砺而出。人生飞鸿般流逝，她却如鸿鹄展翅，青云直上。

皇帝出神间头更痛了，她会不会飞出他的视线？他不知道。他低下声说道：“明日朕陪你去看她，再请高僧为她昼夜诵经。你不可忧虑，身子要紧。”

又快到女儿的生辰。武后紧蹙秀眉，每年此刻，想起那个孤单的小身影，她的心就不断被折磨。高僧有用？高僧自身难保。

与孤单的公主不同，二月圆寂于玉华宫的玄奘大师，四月葬于长安以东的白鹿原，百万人送葬，比安定公主风光许多。皇帝因此暂停译经事宜，对外只说要送大师西归。武后知道皇帝的心结，人生无常，有德高僧说去就去了，又有什么留得下？

私底下，武后不喜欢那个和尚。玄奘曾逼迫她的三子李显满月剃度，如今，玄奘终究是去了，再没人能绑架她的孩子。

武后的嘴角弯出一个笑来。她有四个儿子，长子弘取代李忠被立为太子，她的腹中，此刻又有个新生命在成长，她希望，那是个不输男子的娥眉。

“听闻芙蓉苑花开正艳，不如宣弘文馆的学士同去曲江池？”武后悠然转过话题，皇帝日渐萎靡，臣子的歌功颂德有时比补药更好用。

皇帝精神一振：“好，宣上官仪随驾！”转过头对武后笑说，“上官仪新添了个孙女，我已赐名静儿，你看如何？”

听到上官仪的名字，武后秀睫一闪，眼里掠过一道精芒，很快如烟消散。

“上官静儿？圣上赐名，自是极好的，看来是个有福的孩子。”武后说完，阴鸷之色略减，想到上官家赶在她之前添了个女孩，对腹中骨肉的期盼不觉更强了。

待皇帝銮驾启程，武后回清思殿批阅奏折，挑拣出重要的交付皇帝审阅。尽管多了些权力，她还是小心翼翼，生杀大权在皇帝手上，她只是他手中的刀。

宫殿悄寂如坟，武后信手拈出上官仪以往随驾所写的诗卷，读了两句便冷笑放下。

“绮错婉媚，全无风骨！”

武后闷闷地吐出一口气，上官仪时任西台侍郎、东西台三品副宰相，深得皇帝宠信，却对她全无恭敬，整日摆出后妃不得干政的面孔。她隐约听到风声，上官仪有废后之念，正想挑动百官附和。

再不想法制衡，只怕她很快就要失势。

她冷眼觑着诗卷，扬声道：“郭行真到了吗？传他进来。”

西华观道士郭行真在显庆六年，受命往泰山建醮造像，为皇帝和武后二人立“鸳鸯碑”，由此深受武后信任。武后设法将郭行真调入东宫，挂上朝散大夫骑都尉的名义侍奉太子。有此名头，郭行真在宫内畅通无阻。

郭行真从东宫赶到蓬莱宫，静静地走入殿中，拜伏在地上。

他面如桃花，仪容端美，望之不俗，确有八分得道者的模样。武后满意地一笑，压抑的心境略略舒展，道：“先生，我考考你，今次寻你来，有大事相托，不知你可算得出？”

“皇后殿下，行真愚钝，岂敢妄测天意？”郭行真再度拜倒，“殿下

如有吩咐，行真万死莫辞。”

午后的光芒射进殿来，砖石上错落一道细长的身影。

有光明，就有阴影，人心也是如此。武后心中波澜起伏，王皇后与萧淑妃死了快有十年，长孙无忌等违逆她的朝臣们也死了五六年，眼中钉仅剩上官仪。

拔除了这根钉子，天高海阔，她再无敌手。

“先生，这里有一卷诗，你拿去品读。”武后笑得隐晦。她抛下上官仪的诗卷，昏昏灯火打在黄纸上，暗暗的纸卷，现出颓败的气息。

郭行真把诗卷扣在掌中，紧紧握住，三叩九拜退出殿去。

他对武后的暗示心领神会，回到东宫，开始布置厌胜之术，将上官仪的名讳生辰用鸡血写在桃符上，镇压在武后的一枚印玺下。

像是感应到郭行真的所为，清思殿里的武后怅然停下了笔，喃喃地自言自语：“再无良臣可用！”

权力是个好东西，它令她排除万难，跨越周遭种种障碍。这几年她趁掌权之机清除异己，将先帝留下的重臣杀得干干净净，不这样做，她早就是一个死人。

她固执地认为，只要能站稳脚跟，自有良禽择木。

话虽如此，她想要的栋梁在何处？武后烦忧地扔下奏折。这李唐天下，百官以皇帝为尊，一日不走到那高位，她一天不得心安。

长安的风物再好，终不是她的归宿，或许，东都洛阳，才是她大展宏图的地方。只待孩子出生，洛阳宫乾元殿落成，她就能回去。

那时，随驾的官员中，不会再有上官仪。

“稚奴，我是不想夺你的位，我只想与你平起平坐。”武后用微不可察的声音，说出这句大逆不道的话，眼里有了痛快的笑意。

这笑容，乾坤倒转，鬼神惧惊。

此时，数百里之外，洛阳天津桥上，熙熙攘攘。

清心茶坊少东元镇悠悠地坐在桥中酒楼饮酒看花，偶尔扫一眼桥下如织的游人，酣然若醉。这时节两京百姓肆意游乐，酒楼的生意大涨，他的茶坊也卖断了货，有了闲暇出来散心。可惜孤身一人赏花，无甚乐趣，元镇闷闷地想，偌大一个东都，他竟无好友可以对坐品茗，委实是憾事。

元镇叹了口气。他是南方人，巴蜀与江淮茶事初兴，但中原一带尚未流行，仅有两京大内定下他家的“雀舌茶”为皇贡。他想由上及下，最终让百姓喝上茶饮，故在洛阳开设清心茶坊。没想到他家的茶声名鹊起，王公大臣争相采购，茶价翻了几番，寻常人更加碰不得。他赚了钵满盆满，茶依旧是贵族的奢华享受，店铺极少。

忽见彩舟如画，一艘游船如金阙银宫驶过，船头伫立一群雾袖烟裙的佳丽，巧笑嫣然，向岸上指指点点。士子们群情激动，纷纷朝河堤涌去。

“这是教坊的船！”

“是千金楼的云娘！”

“金缕楼的秀卿！我见到秀卿了！”

“有没有薰风楼的慧儿？让开——”

酒楼里起了骚动，酒客撇下劝酒的胡姬，争相簇拥在西面窗栏上，有人偷摘了店家的鲜花抛下楼去。酒家娘子叉腰大骂，反而勾起余人的好奇心，挤开老板娘跑向西窗。

“贼小子，我看你掉下河喂黑鱼！”酒家娘子眼珠一转，教坊的美娘儿出来游船，正是宰客的好时机，她慌不迭地招呼几个胡姬，一起往几案上放酒罐子。

元镇嗤笑一声，起身结账。

出得酒楼，栏杆上行人攘攘，对了游船各种喝彩。不远处的岸边，“扑通”声接连响起，两个文弱的士子被人生生挤下洛水，船上诸女失笑，越发如百花争妍，顾盼生辉，观者心痒难熬。

元镇唯有摇头。以他的身份，官府宴乐不时敬陪末座，明义坊的名妓，个个叫得出名。烟花柳巷厮混久了，逢场作戏，不曾真放在心上，反而见惯热闹，心下总禁不住惆怅。

花开会谢，人老珠黄，繁华盛景就是一杯烈酒，过后断肠。还是茶好，不会浑浑噩噩地沉醉，那股悠远的滋味，能回味很久很久。

他胡思乱想间，斜刺里跑来几个少年，无意将他一撞，又有行人推了一推，元镇急忙稳住身形。一来二去到了桥边，正对一船霓裳。

薄缕窄袖，蝉翼轻罗，官伎们身姿婀娜，频频朝两岸浅笑。只有一个女子，头戴帷帽，雪色的丝幔下，玉面娇唇隐约可见。她遗世独立，对四周不屑一顾。

元镇定定望向她，一身翠羽轻裙，恰似莹莹新芽，茶香清绝。心怦然直跳，他知道，绝世好茶就是如此。

一阵秋风，荡开帷帽悬垂的丝络。

螺黛长眉微颦，轻红胭脂晕腮。一张精致无瑕的面容，看尽百花，也不及她三分颜色。她横波一转，盈盈眸光飞入桥上，灵动地越过重重距离，直射进元镇心底。他仿佛被她的明眸拉近到身边，诗情画意，共此良辰。

她抿唇一笑，万物喑哑无声。

元镇就此沦陷。

风过，帷帽恢复原样，春色了然无痕。一时间，洛城花光尽皆失色，他心里眼里，只装着那倾城的一瞥。元镇呆立桥上，眼睁睁望了游船掉头向西，忍不住跟船飞奔。他还想再看一眼，盼她美目流转，与他心神交错。

不料，随他跑动的有百十人，三五成群，像扑花的狂蜂，循了游船迤逦而去。元镇猛然止步，自嘲地一笑，目送丽人远行。如此孟浪与俗人何异？此地离明义坊不远，早早问出她的名姓才是正理。

留恋地远眺她绰约的身影，元镇一整衣冠，施施然往南去了。

一入坊门，即见彩灯耀列，珠翠满楼，一曲清歌穿堂入巷，曼曼绮罗如流光飞舞。此间多是教坊官伎，专门陪侍官府宴饮游乐，迎来送往非富即贵。坊内宴席极多，或是新进士酬酢唱和，或是权贵子携酒宴游，处处笙歌，走几步就身心酥麻，不思归去。

柳丝低垂的池塘边，曲径通幽，掩映几座翠楼。元镇身著幞头、圆领袍、乌皮靴，游走在花间柳际，寻常服饰却是风流难学。每过一家青楼，盛装的官伎纷纷招起红袖，甚至丢下朵朵红花，在他衣襟上沾之不去。

旖旎美色端的令旁人艳羡，天津桥上那一幕仿佛重演，看与被看却已互换。可惜佳人无踪影，元镇全无心思流连。

各楼名妓都有花牌，他总是踏上楼阁，扫视一遍，掉头就走。持觞劝酒的美人怎能轻易放他离去？一个个如过江之鲫，缠得他脱不开身。元镇无奈，命小厮挨个打赏，几贯钱下去，依旧芳踪渺渺。

直至夜色降临，坊门关闭，绛红纱的灯笼升起来，厮混在青楼里的官员大半归去，留宿的也有不少。坊间暗香浮动，高髻上簪的茉莉花，胭脂里调的海棠红，熏笼里燃的苏合香，芳菲满路，魅惑人心。

堂前飞燕轻歌，声声箫鼓管弦。

人在此地，一颗心如火如荼烧起来，欲望比酒更浓烈。但对元镇来说，月色如一盆冷水，浇得他通体冰凉，想象那女子与他人陪酒侍客，就如千万利箭穿心。

元镇心下失落，无力坐倒在千金楼下。一名叫舒舒的相熟娘子前来相询，得知他的心思，笑道："郎君真是糊涂，既是官使女子，何不去太常寺询问乐籍？”

“以其美色，竟然默默无名，真是不可置信。”元镇叹息道。所谓寻花问柳，或是漫漫长街交错邂逅，或是千回百转苦苦寻得，如此可称缘分。去官府查验名录，未免太俗。

舒舒媚眼如丝，见元镇果然不正眼看她，不无嫉妒地道：“郎君这等夸赞，想来是位绝代佳人。新近确有个初来者，天赋异香，一手琵琶更是惊艳绝伦。”

元镇喉间一哑，窒息了片刻，良久才问道：“敢问那位娘子芳名？”

舒舒黯然吐出一句：“只羡鹣鲽不羡仙……当年郎君在此写下《咏悲怀四首》，谁知如今，有了新人忘了旧人。”

本朝无论官吏士人，以狎妓游宴为乐事，元镇虽是商人，诗名颇盛，钟情于他的青楼女子不在少数。他自知惹下太多风流情债，并不以为意，酬酢往来而已。

元镇一摆手，身后小厮放下一贯钱，舒舒面色更难看。侍女察言观色，铺开绢帛，磨墨递笔。舒舒拿眼角觑看元镇，俏脸稍豫，仍然咬唇，有怨念之意。

元镇洒然一笑，想起昔日在此宴乐开席的情形，那时欢情是真，如今移情也是真。他是飘泊的商贾，走南闯北居无定所，直至近日在洛阳打开局面，才有了安定的念头。过去他无法停留，此刻，他不知道是否有人值得停留。

眼前飘过船头那丽人明艳的身影，元镇定住心神，提笔写道：

悄动金莲晕两腮，馨香软语坐相陪。

人同幽梦珠帘幕，谁画新弯明镜台？

抚旧批诗颦反笑，移时乘兴去还来。

夜凉遽起休添酒，酿尽缠绵作一杯。

他一动笔，一班闲暇的官伎围拢过来，咀嚼诗中真意。舒舒环视众人，略有得意之色，可想到这男子毕竟要他往，又是一阵神伤。等元镇写完，她泫然欲泣，好一番作态，方才叹道："多谢郎君，尚记往日之情。"

"舒舒，改日我再来看你。"他温言说道，将一条晶莹剔透的玛瑙珠串挂在她脖间。这是波斯萨珊王朝的名贵首饰，舒舒眼皮一跳，将诸妓的嫉妒收在眼底。

她低眉敬了元镇一杯，慢慢说道："郎君要寻的人在燕子楼。"

元镇心中一跳，如鱼入大海，欢愉莫名。

"她的名字，叫银——睿——姬。"

狄仁杰之神都龙王

第二章 美人如花隔云端

丽人垂目凝神弹奏，
纤指宛转，颠倒五音，
多出的一根弦，就如听者的心弦，
被她任意拨动。
听者目光凝滞，
被乐音一声声弹破心声，
仿佛身体本是那张紫檀琵琶，
而魂魄摇曳飞扬，
随曲调舞向四方。

明义坊，燕子楼。

厅堂里衣冠满座，屏气凝神。

当中坐一丽人，红绡玉带，云髻凤钗，十指玲珑拨弄一张螺钿紫檀五弦琵琶。四弦琵琶为汉乐，五弦琵琶稍小，出自北国，初时以木拨弹，直至贞观年间，疏勒乐师裴神符手弹《火凤》曲震惊宫中，教坊开始改弦易张。这女子娴熟弹来，显是多年修习，功力不俗。她的服饰与中原女子略有不同，除却花钿珠钗，发饰上犹插翠羽，别有一丝骨气。

丽人垂目凝神弹奏，纤指宛转，颠倒五音，多出的一根弦，就如听者的心弦，被她任意拨动。听者目光凝滞，被乐音一声声弹破心声，仿佛身体本是那张紫檀琵琶，而魂魄摇曳飞扬，随曲调舞向四方。

她的手指，划过的不是丝弦，是他们沉浸在俗世里早已麻木的身躯。

每一节曲音，解救一截身体，四肢百骸，从傀儡转化成血肉。听者大气不敢出，战栗地感受身心变化。即使不解风情的俗客，单看她繁弦催折的手势，珠泻玉盘的曲调，暖玉生烟的霓裳，足已凝神不语。

元镇入内时，他心心念念的睿姬，正在奏一曲高丽乐《芝栖》，铮铮切切，弦声清绝。因太宗皇帝喜爱高丽乐，京中教坊官伎多有演练，此时便有两个体态轻盈的舞姬，罗袖袅袅，金裙翩翩，腰肢轻转在方寸的空间内。

玉臂上，金环响动，红毯上，玉足飞旋。曲到动情处，两个舞姬香汗淋淋，依依垂泪，如莲花旋舞，出水悲歌。观者如痴如醉，禁不住掬泪忍涕，悲伤难以自抑。

元镇是识乐之人，他先是理智地判断出曲名，而后细细一听，品鉴其中滋味。没想到，乐声如波涛，很快将他吞没。

元镇心神俱裂，魂不守舍。

她不是在演奏琵琶，她就是那张精美的乐器，外表华丽，内里刚烈。曲如心声，元镇直勾勾凝视睿姬，她究竟是什么人？从哪里来？有怎样的过去？为何这曲子里，像掩藏了三生三世的悲欢，不似人间应有。

睿姬抬起秀目扫视。

是他。

烛火摇簇下，两人目光相对。元镇脑中轰然一响，眼里心底，再无旁人。睿姬移愁入弦，是桥上那年轻的男子，龙章凤姿，却不知是不是绣花枕头？

元镇嗅到一股淡淡馨香，随了乐音渺渺散开，沁入心脾。睿姬美貌无双，乐音难画，她香气缭绕的体态，更是难以描摹。一缕清香糅合在琵琶声里，缠绕他的躯壳，前尘往事如云烟泛起，懵懂间旋即散去，宛若一场大梦。

一曲终了，众人恍然醒来，击掌赞叹。

三四个王孙公子兴奋地站起，张口想说几句漂亮话，睿姬晶指一拨，铿锵弹出一音。

“《将军令》！”一个士子倒吸冷气惊讶说道。

这是宫廷乐舞的曲目，气势激昂磅礴，展现千军万马驰骋的雄威，需十数种乐器演奏，舞者也要换绯绫衣裤。两个舞姬果然知难而退，剩下睿姬一人，肃杀地奏响飒飒战曲。

元镇仿佛看到了大漠边城外，北风起，戍旗展，金铙沙鸣中，万马奔腾。她的琵琶有铁骨、有傲气，杀伐的乐音浑不似女儿家能弹奏。元镇痴痴听了片刻，直想沙场夜点精兵，煌煌烽火下倚剑降虏，任铁骑踏遍关山。

他左右四顾，冲到一边几案前，执笔添墨，簌簌写落一首长诗：

粉胸绣臆谁家女，香拨星星共春语。

七盘岭上走鸾铃，十二峰头弄云雨。

千悲万恨四五弦，弦中甲马声骈阗。

山僧扑破琉璃钵，壮士击折珊瑚鞭。

珊瑚鞭折声交戛，玉盘倾泻珍珠滑。

海神驱趁夜涛回，江娥蹙踏春冰裂。

满坐红妆尽泪垂，望乡之客不胜悲。

曲终调绝忽飞去，洞庭月落孤云归。

——像是在呼应他的笔墨，漠漠秋色里，十万精兵出塞，累累白骨压途。厅中多是少年郎，胸口顿时战意燃烧。

睿姬纤指急奏，但看将军百战驱虎，雄兵千里吞狼。待元镇最后一个“归”字写完，正值睿姬曲终人静，余音绕梁，而笔意缥缈若飞，恍若仙人乘鹤归去。元镇掷笔清啸，如九霄龙吟，与消散的琵琶声于夜光烛火中和应。

睿姬身边的妙龄侍女，朝元镇浅浅一笑，取走了诗作。

元镇心下忐忑。

睿姬款款站起，妙目流转，每个人心中擂鼓，被她眸光所动。

“来年上元，洛阳有‘百花选艳’花魁大赛，睿姬不才，想夺首座。”睿姬神色如常，仿佛饮水一样自然，“各位都是洛阳城中才俊，若有心助我一臂，睿姬自当铭记。”

“好！睿姬你是当之无愧的花魁！有我刘冕在，无人能盖过你！”一个少年挥手示意，扬扬得意地大喊。众人斜视看去，乃是镇守百济的都督刘仁轨之孙刘冕，不过十五六岁年纪。刘冕这一叫，有人高声喝彩，也有私下哄笑的，场面甚是热闹。

刘冕自觉得了脸面，毫不含糊地打赏百金，以及珠玉宝石等物，一时楼内金碧辉煌。

“缠头之资，聊备一笑。”刘冕自信满满走上前，身量不及睿姬高，减了不少气势。睿姬抬眼直视，点漆双眸里，写满拒人千里的孤傲。

刘冕怔怔望了半晌，突然说不出话。

睿姬忽然一笑，灿若锦云，艳丽无匹。刘冕神魂颠倒，只觉她有千百样好，哪里记得刚才的冷漠，这一笑千金不换，值了！

座中官员暗自摇头，今次睿姬能下场演奏，凭的是嗣濮王李欣的面子。他是皇帝侄儿，父亲魏王李泰曾与今上争夺太子之位，一生忧虑，三十五岁就去了。因此李欣不问世事，纵情声乐享受，终日流连坊市，是明义坊有名的豪客。

教坊官伎明面上卖艺不卖身，凡应酬宴乐，先要取得官府行牒，与私妓不同。这回便是李欣为捧睿姬，特意丌了酒宴，允许其他人来捧场。刘冕仗了祖父的军功想争风，只怕回去就要被他父亲责骂。

李欣被簇拥在人群中，看不出喜怒，径自打赏了千金。睿姬命侍女收了，回以澹然微笑，李欣也不在意，只吩咐添酒，先前两个舞姬连忙殷勤作陪。

李欣一出手，跟风的官员及商贾们，攀比地送起财帛，打赏的绢帛越堆越高，堵塞厅堂大道。有两个士子学元镇一样送上诗作，在众人面前高声吟哦，睿姬神色不变，毫无反应。

李欣听到士子念诗，冷笑一声，奉上一张画卷。他母亲阎婉是工部尚书阎立本的侄女，外祖父阎立德亦是大画家，家中丹青随手抽一幅都非同凡响。睿姬果然被画卷吸引，凝神看了良久，赞叹不已，话也多了几句。

刘冕悻悻然，与他同行的都是出征过高句丽的武官，哪里识得这些？一个个脸色阴沉地瞪着李欣一众。

元镇命小厮奉上一套茶具，一本茶谱，两斤好茶，黯然地留在厅堂一隅。他不知道的是，当睿姬看到他的诗作，眼神一亮，使了个眼色，侍女灵巧地抽出诗卷，迅捷地藏于袖中。

厅中各处，众人含笑捧场，暗中交头接耳，犹在议论选花魁的艳事。

“睿姬娘子既放出这话，就是要等夺魁之夜……啧啧，夜长梦多。”

“一晃百天，谁能熬得住？”

“好手段。三个月里要不来燕子楼，没准她和人暗通款曲……”

睿姬很明白她的处境，待价而沽，是风月场所的规则，想做她的恩客，就要拿出真本事。

收过打赏的厚礼，睿姬端起酒杯，给李欣、刘冕等贵客敬酒，元镇身份不够，敬陪末座，自然喝不到她的酒。他意兴阑珊地自斟自饮，冷眼看刘冕喝上两杯就满脸通红，不由得摇头叹息。

“睿姬娘子，今晚我留在燕子楼可好？”刘冕酒性太差，两三杯就发了昏，开始胡言乱语。他扯住睿姬的衣袖，她轻轻一拉，没有拉动。刘冕索性用力一拽，把睿姬强搂在怀里，完全无视他人的神色。

李欣顿时色变，“呯”的一声，酒杯碎作两截。

他忍了很久，不想再忍。

“给我打！”他冷冷说了一句，身后家将冲上前，拉开睿姬，捞起刘冕就打。他们憋了多时，早看不顺刘冕的嘴脸。

刘冕随行的武官没把不得势的嗣濮王看在眼里，立即动手干架。两边各自出招，先是动拳，刘冕挨了两记饱拳，气得拔刀，李欣家将不甘示弱亮出佩刀，顿时就有人见血。

腥风血雨中，想揩油的、表衷心的、担惊受怕的、趁火打劫的……一个个往睿姬那里凑去。元镇见局面混乱，越过人群，飞身护在睿姬面前。

堂中乱作一团，一只酒杯如飞鸟掠过，眼看要砸中睿姬。

元镇始终关注睿姬，急忙拿起食案上的铜盘，利落地拦下。一个武官见状，抄起一个水果往家将身上扔去，两边鸡飞狗跳，像打雪仗似的四处抛射楼内家什。

元镇敏捷地为两女子挡开飞来的杂物，侍女慌张地伸手掩护睿姬。睿姬凛然看着，并没有害怕的神情。

李欣的额头被碎瓷划破，心中恼怒已极，瞥见睿姬周围的浮浪景象，忙命家将过去保护。家将一到，便把元镇推挤过去，元镇回望睿姬，她神情漠漠，眼前的闹剧和他这个护花使者，都不在她眼中。

燕子楼的鸨母大惊小怪地叫众人停手，没有人理会，李欣在家将的掩护下，勉强挪移到睿姬身边。他正想说话，睿姬抱起琵琶，狠厉地划过一击。

铮——

打斗的众人一愣。

“谁不住手，以后就别来燕子楼。”睿姬淡淡说道。

狄仁杰之神都龙王

第三章 千里之外，谁是良人

他的真心，会有几分？
他的痴情，有多长久？
这个叫『元镇』的人，
就是她想相伴终生的男子吗？
睿姬怅然地合上诗卷。
她不知道，
她渴盼的惊天动地的相逢，
犹在千里之外。

李欣连忙喝道："全部给我停手！"家将们登时住手，退后两步。武官们护住晕乎乎的刘冕，警惕地盯住李欣。他们自知刘冕理亏，但他是大都督的嫡孙，出了意外无法交代，何况李欣确实没给武官们面子，他们也懒得客气。

两边人对元镇都没有好脸色，元镇回望冷淡的睿姬，故作淡然地一笑，退到远处，与商贾士子们站在一起。混迹在这些骚人浪客中，他的心更灰了。

鸨母出来收拾残局，打碎的家什太多，她一脸心疼苦相。李欣命人抬了绢帛赔礼，刘冕那边的武官不甘示弱，各出一份钱，扶了刘冕恨恨离去。

"夜色不早，本王该回了。"嗣濮王李欣站起身，他与众人不同，在明义坊自有宅子，来去随意，"明日再来拜访睿姬娘子。"

"殿下走好，不送。"睿姬朱唇轻吐。

听到“不送”两字，饶是李欣气度好，也摇了摇头。其余人齐齐发怔，这女子，骄傲到天上去，宗室子弟岂能轻慢？侍女忧虑地望着睿姬，睿姬不动声色，抱了琵琶，径直转回里屋去了。老鸨忙追了嗣濮王出门。

众人只觉烟霞顿收，满眼寂寥，剩下一屋子阿堵物，她竟毫不放在眼中。

翠帷下，留下余香如相思，久久不褪。

元镇忙了一场，没和她说上一句话，很是怅然。想到花魁要拼才艺，睿姬弹奏与色相俱佳，唯少几首烘托身价的好诗。既然一首诗打动不了她，他就写上十首、百首，直到她心动为止。

精诚所至，金石为开，终有一天，会让她青眼相待。怀了这样的期望，元镇步出燕子楼，这一夜孤枕难眠，他只想在坊间寻个地方喝酒，一醉解千愁。

燕子楼上，睿姬从高处目送元镇消失在灯火中，艳帜高张的红灯笼，生生刺痛她的眼。

“彩云，我给自己赢得三个月。”

她换上一身白衣，做扶余女子装束，明丽的身影像出巢的飞鸟。长空，大海，草原，自由是她向往的归宿，可她只能困在这浅滩。

侍女彩云不解地看着她：“其实，找个好男人，早日有个靠山不好吗？这些大唐人如狼似虎，你一句‘想夺花魁’，他们就真会放过你？”她从袖子里扔出一团纸，元镇的诗作皱巴巴卷在一起。

“我毫无名气，单靠一张脸，在明义坊没有出头之日。”睿姬慧黠地一笑，小心地把纸卷摊平，“唐人好才艺，教坊诸妓，或凭诗名、或靠乐舞，能名动京城的，各有自家能耐。有了名气，哪怕姿容平常，也可傲立两京。我得了花魁，那些人会更想成为入幕之宾，我也有了挑选的余地。”

彩云冷冷地撇嘴，卸下珠钗，换上一袭飒爽的胡服，恢复突厥女子的

野性。她姿容普通，仅仅粗通文字，被发派做粗使丫鬟。睿姬见她处处受排挤，就把彩云讨了过来，两人皆非汉人，同病相怜，彼此反而有了信任。

睿姬饶有兴致地读着元镇的诗，神色尽是赞叹，彩云想起他痴迷的样子，扑哧笑道："那个呆子，写首诗就被你看中，千百金的财帛你却无动于衷。好姐姐，你难道不想脱籍、不想赎身？"

睿姬玉容一黯，苦笑道："傻丫头，你以为，乐籍是轻易能脱得了的？官伎无法给自己赎身。皇帝会把我们赏赐给有战功的将臣，他们欺凌我们的领土之后，又以玩弄奴婢为乐……或者，等年老色衰，恩赐回归故里。听说，做尼姑和女冠的前辈很多……"她神色渐变肃然，呆呆地凝视跳动的烛火。

唐律中良贱不婚，所幸太常音声人即教坊官伎，可以婚同百姓，但只能嫁于庶人。毕竟，还有一条律法，士庶不婚。除非门阀内官无视议论，情愿通婚，就算嫁作妾侍，在府中的地位也可想而知。

彩云知睿姬想起旧事，她看出睿姬不同寻常。作为扶余人，睿姬精通大唐文字，又熟知各种乐曲，来历绝不简单。睿姬不肯多提，她也不敢问，沦落到娼家的人，谈什么身份。

"姐姐，你要我收他的诗，莫非，看上了他？"彩云转过话题，细看那诗作，字体风流秀媚，是才子手笔，"可是，为什么你对他不假颜色？"

提到元镇，睿姬心绪稍安，展开手中长卷，秀外慧中的行书正若那一曲琵琶，柔媚中有傲骨。

千悲万恨四五弦，他听出了她的乐意。

她已经学会了四弦琵琶，平时表演亦常用四弦。当她要自诉心事，睿姬就会取出五弦琵琶，哀哀弹奏。

她是笼中鸟、阶下囚，难得他书写出她的离恨，她的别愁。

背井离乡到大唐绝非所愿，在洛阳，她看到处处笙歌，也目睹硝烟四起。远在东都之外，她的故土被唐人盘踞，被百济和新罗侵蚀。她胸口中的疼痛，从离开故乡的那刻，就没有减轻过。

睿姬看不起任何一个唐人，但她承认，写下这首诗的男子，可以例外。她想求一份真正的爱情，她坚信爱能让她战胜一切艰难，这是她柔弱身躯下的最后信念。

摩挲他留下的墨迹，她停在元镇的名字上，仿佛在哪里听过这两个字。

“他呀，痴傻失望的样子，是让人心疼。”睿姬咬唇轻笑，想起元镇痴狂的神态，弯起了嘴角，“但是，男人是贱骨头，要是他写一首诗，我就低眉顺眼，他岂不是轻看了我？”

“我知道了，这是欲擒故纵！”

“嘘——”睿姬眨眨眼，忽然想起一事，“除了诗，他还送了什么？”

彩云想了想，皱眉道：“茶叶什么的。”

睿姬起了兴趣，求她拿来，彩云要了好处，分得一支簪子，慢悠悠去厅堂里，打发清点财帛的婆子，取来了元镇留下的茶具、茶谱和茶叶。

以睿姬的见识，竟不识得他所赠茶具名目。风炉、火筷，依稀猜得出来历，其余大大小小的器皿，形制不一，都能盛水，究竟做何用？她一头雾水，摆弄来去，完全看不破元镇的用意。

她在教坊见过达官贵人喝茶，从没有这般讲究。

“他勾起了我的好奇。”睿姬咬牙切齿，“这才是欲擒故纵呢！”

彩云不解地望着她，一堆无用的器具，睿姬偏偏很在意。

翻开茶谱，睿姬没想到琳琅满目，天底下竟有如此之多的奇妙茶品。不知不觉看了数页，她叹息停下：“依书中所言，每种茶烹制方法各有不同，胡乱煮了，只会暴殄天物。”这分明是放长线，要她愿者上钩。

彩云挠头，中原人就是矫情，简单的东西掰出七八种花样。

“彩云，你帮我去查这个人，他的来历身份，越细致越好。”睿姬急急说道。

彩云不动，斜睨着眼，道：“无官无职，不是姐姐该选的良人。”

睿姬莞尔一笑，露出莹莹皓齿。

“谁说选他！知己知彼而已。你放心，谁先低头，谁就输了。花魁竞选之前，我不会对男人动心。”

她说完，秀眸忍不住瞥了一眼诗卷。

他的真心，会有几分？他的痴情，有多长久？这个叫元镇的人，就是她想相伴终生的男子吗？睿姬怅然地合上诗卷。

她不知道，她渴盼的惊天动地的相逢，犹在千里之外。

千里之外，并州都督府。

并州即太原，是李唐的发祥地，也是武后与狄仁杰的故乡，武后登基后成为唐朝北都。并州西城又称晋阳城，皇宫与官署尽在此城中。

当长安、洛阳两京，沉浸在秋日花开的丽景中，并州大雪飘飘，骤降的秋雪令街巷银装素裹，路人行色匆匆，默然赶路。

雪色遮掩下，一个青色身影兔起鹘落，在街巷中疾奔。

南市的店铺在风雪中热闹不减，铁器行、丝绸店、金银行、笔行、衣肆、酒肆、毕罗肆、秋辔行、饮食店，时有打伞的人影穿梭。

狄仁杰身穿青色袍衫从天而降，自一家绢行的屋顶上跃下。店铺的伙计和客人吓了一跳，看清他七品官员的服饰，松了口气。

狄仁杰朝四周拱手，英气的面容微微一笑，大声道：“市官办案，闲人自便。”挂出市署官员的名头，他锐目扫视，瞬间将一众人等举止表情收于眼底。

忽然，狄仁杰大步走向一个胡人。那人身著圆领开衩齐膝衣，正打开一匹绫罗，仔细瞧着纹样，狄仁杰一掌按住他的肩头。

“不用躲了，就是你。”

那汉子嘴角一抽，故作镇定：“什么是我？你谁呀？”

“你们偷盗陵墓陪葬贩卖，你是第三个被我抓到的，还剩一个。”

说到“第三个”时，那人眉头一拧，企图脱逃，被狄仁杰死死按住。百姓们见狄仁杰言之凿凿，都走过来聚拢围观。

那人不服气地道：“你有什么证据？”

“你们四个在金银行外摆摊，所卖的白玉蹀躞带，是三品以上高官才能有的赏赐。还有银锁和银碗，六品以下不得用浑银，不是偷盗的话你作何解释？被我发觉货物有异，你们四人分头逃窜，可惜我已记住你们的身形相貌，你脱去外面的袄子，反而更显可疑。我从屋顶跳下，街坊老小无不好奇，即使先前没目睹，听我高声说话，多会看我一眼，只有你无动于衷。你的右手比左手白很多，右臂会不自觉抬高，因为你原本戴着皮手套。你是一个驯鹰人，脸上和左手有不少伤疤，都是驯鹰时所伤，先前两个盗贼也是如此。”狄仁杰一口气顺溜地说来，手从他肩头滑下，扣住他的右手腕。

“你最大的破绽是——大雪天出门，居然不带伞。可你肩头没有雪迹，也就是说，在我落地之前，你刚走进这家店，脱下的袄子，应该丢在柜台下。”

那人露出惊恐的神色，猛地用左手从怀中拽出一把匕首，倏地挥来。与此同时，店主吃惊地从旮旯里找出一件肩头半湿的袄子。

狄仁杰身形急转，避过一击，转身飞起一脚，正中那人后背。那人一个趔趄，向前冲出，等稳住身子，狄仁杰已猱身而上，托住他的左手在膝上一磕。

雪花四溅，匕首哐当落地。

狄仁杰就势出招，拳、肘并用，双手如穿花绕树迅疾地打在那人的要害。他出手极快，饶是那人身手敏捷，亦躲让不得，几下就被打得飞出两丈，倒在雪地中。

狄仁杰停手止步，意态翩然，雪花婆娑飞舞，四周响起一片叫好。

这时南市署丞裴福带了两个手下匆匆赶到，当即扣押了那汉子。裴福感激地朝狄仁杰道："狄大人辛苦。"

"还有一个。"狄仁杰望向远处的街巷。

裴福皱眉，先前两个抓得最快，为抓这个已跑了三条巷子，第四人早就没了踪影。

"不如先审讯这三人，问出巢穴，再抓他不迟。"

"不必，他们逃之前，我撒了一把香粉，欠隔壁那店家三百钱，替我还上。"狄仁杰把铜钱放入裴福手中，拱手告辞。

裴福一愣，再看被擒的那汉子，须发有淡淡的粉末痕迹，不由得遥望狄仁杰的背影，赞叹："不愧是狄参军，断案如神，抓贼也如神！"

在并州官场，法曹参军狄仁杰年纪轻轻，却以断案神速著称，传闻他一年能处理上万宗案卷，从无积压与冤案。哪怕是路上偶遇不平之事，也能洞若观火，明察秋毫，往往防范未然，帮市政与街政官员处理掉不少疑难。

他从不以州府官员的身份自矜，身为法曹参军，捕盗是他的职责，像盗墓货卖这样的事，碰上了就顺手解决，否则市署监管不力，买走货物的主顾也受池鱼之灾。

百姓的事，没有小事。

狄仁杰断案快，却绝不草率，因为工夫在诗外。他勤于政事，每日案牍劳形之外，更喜在坊市查看民生，杂学旁收博采众长。

其实那个驯鹰人的破绽，不止他说出的那些。那人脚上穿的麻练鞋，周身的服饰装扮，已透露出他贱者的身份，可他看的绫罗用金银绣画，乃是舞女绣裙常用的布料，可见是入店后随意拿起，一望可疑。狄仁杰暗自思忖，能养得起四个驯鹰者的豪门，在并州屈指可数，这几人应是背主犯案。

即使与其主无关，多少会牵连出主人，那时裴福会大为头痛。

而他们挖掘的墓主人，来头非小。并州为东魏与北齐的别都，埋葬许多重臣。若是此例一开，盗墓纷起，绝非好事，因此这四人一定会被严判，其主人面上难看，又会如何应对？

一时间，他的思绪已想到日后的事。

狄仁杰脑中迅速勾勒出南市的所有路线，在他示警后，市署已命金吾和街使警戒垣门。南市共四街八门，他们在北街与东街的交叉口，分三处逃逸。往南的两人与往西的一人俱已擒获，逃向北门的这人，有两条路可走。

慢上一步，那人就有超过五条以上的退路。

狄仁杰飞奔而起，像一支箭划过街巷，雪花甚至来不及飘落到他身上。

狄仁杰之

神都龙王

第四章 神探出手

雪地里一个个泥泞的脚印，
深深踩踏着大地的真相。
再威武的英雄，
留下的痕迹，
也被后来者无情地湮没。
最终，
洁白的雪遮掩不了满地的污秽，
不甘心地将身躯化去。

抓贼不难，难的是善后。

追查雪中脚印与香粉的痕迹，狄仁杰轻松地抓捕到第四个盗贼。对方竟混迹在一家饮食店洗碗，好在那家从老板到客人无人用脂粉，而狄仁杰的鼻子又很灵。

把贼人送交到市署，裴福心情抑郁，叹气说：“查出来了，是萨保府长史龙敏大人的部曲家奴。”

并州城内，粟特、焉耆等来自西域的胡人甚多，他们随了丝绸之路经商来到中原，不愿回去，便归由萨保府管制。萨保府的长史龙敏正是粟特后裔，与都督府常有来往，为与他们打交道，狄仁杰特意学过粟特语。

听到裴福的断言，狄仁杰“哦”了一声，笑道：“家奴而已。”

裴福急了，他离从九品的市令官衔都差一口气，长史一脚就能踩死，忙道："狄大人，狄参军，市署办不了他们，恳请州衙审理此案。"

狄仁杰道："好，你写好文书，我就把人带走。"

他说得干脆，裴福喜道："你等等，就好，就好！"一溜烟跑开了。

狄仁杰站在廊下，墙边的花圃里，秋花被雪色沉沉压住，只见一片茫然纯色。他眉头微蹙，忽见一阵风过，扑扑吹散雪花，鹅黄的花瓣如美人遮面，稍露出一分真颜。

狄仁杰展颜一笑，裴福匆匆而至，把墨迹未干的签押文书塞在他手里，又请了两个街吏看押护送四个贼人。

"狄大人……你多保重。"裴福忧心忡忡，那四人眼窝深陷，细看去皆有粟特人的血统，"龙长史若真为他们出头，你可不要硬扛。"

狄仁杰笑了："本朝以'情、理、法'断案，我只求无冤狱、不枉法，百姓安，则社稷定。龙长史是否出头，和我如何断案，实在没什么关系。"

裴福叹气：狄仁杰破案太多，长官量刑过重时，他会挺身而出，劝谏他们依法办事。为平民百姓出头，为冤假错案改判，善缘结下很多，仇人却也不少。

"今次多亏参军大人援手，我这就命大家提起精神，好好巡查，再不让南市出这样的岔子。"裴福挺直了脊梁，他诚然是不入流的小官，也可以像狄仁杰一样做个好官。

离开市署，狄仁杰牵着被缚的四人犹如打猎归来，优哉游哉。两个街吏高度戒备，亦步亦趋跟在后面，生恐四人拼死搏命。

"我们会不会死？"其中一个胡人用粟特语询问同伴。

"仅是盗窃财物，满绢四十匹，就要流放三千里。你们挖掘坟墓，开棺偷盗，哪怕什么也没拿，已是判绞刑的大罪。"狄仁杰转头用粟特语流利地回答。

四人或生悔意，或有惧意，神情不一。

“龙长史一定会救我们！”另一人用汉语喊道，恶狠狠盯紧狄仁杰，恨不得咬他一口。若不是他碍事，他们卖完货物就能销声匿迹，谁会去长史府上拿人?

听到狄仁杰把罪名说那样清楚，两个街吏心酸地互视一眼，手扶佩刀暗生警惕。狄参军武艺超群，他们俩可是小喽啰，经不住四人拼命。幸好狄仁杰打的绳结很是奇特，那四人被缚甚紧，不仅无法脱身，一人走开就会牵动他人，像串在一起的螃蟹。

一路有惊无险。

这时雪已渐止，远远看见州府衙门的高大门户，两个街吏舒心地一叹。不想旁边蹿出一个道士，相貌奇古，瘦癯的脸上有一缕花白的胡须。

“无上天尊，阁下留步。”

道士喝住狄仁杰，神秘地微笑着，一副仙风道骨的姿态。两个街吏肃然起敬，却见狄仁杰轻笑摇头，走开一步避过。

道士不依不饶，抢上前道：“阁下将有大祸……”

“多谢道长提点。”狄仁杰径自往州衙走去，贼人幸灾乐祸地冷笑。狄仁杰用力一拉绳索，四人踉跄了一下，被他赶到衙门的台阶上。

两个街吏悚然，道士见有了听众，忙道：“阁下有数次牢狱之灾，凶险之极。”

狄仁杰回头，饶有兴致地道：“既是凶险，一次就够致命。数次?说明死不掉。”

道士哑然，没见过这样不怕死的。一个街吏道：“狄大人，听听何妨?”

“修德则福成，纵恣则为祸，吉凶成败可以推断，不用他说。”狄仁杰摆摆手，懒得听道人啰嗦。

他强硬的姿态像一块油盐不进的石头，道士缓缓摇头，高深莫测地往远处走，扬手说道：“祸兮福所倚，福兮祸所伏。”

道士渐渐走远，脚印散落在雪泥中，像是从没有来过。

一个街吏糊涂地问：“狄大人，他说的是什么？”

狄仁杰洒然一笑：“没什么，故弄玄虚。他想说，若我能挺过牢狱，之后就是坦途；可一帆风顺也非好事，还会有灾祸在等着。”

那街吏惊道：“这是高人，大人不想听他仔细说说？”

“人生当有起伏，他说了和没说一样。”狄仁杰看到那四个应判绞刑的胡人，想到自己判决过的那些案子。是牢狱，是灾祸，还是一个坎？真的陷落时，还能重新站起？

雪地里一个个泥泞的脚印，深深踩踏着大地的真相。再威武的英雄，留下的痕迹，也被后来者无情地湮没。最终，洁白的雪遮掩不了满地的污秽，不甘心地将身躯化去。

祸福？该来的就来罢！

他不怕。

回到州衙，狄仁杰细看赃物，翻查史料。他脑海中升起一幅壮观的舆图，并州繁华的景致之下，多出了十几层城池的景象。密密的文字数据堆叠在虚空，如匠作师高屋建瓴，造城布景，历代的城池重新被构建。

西晋、东晋、后赵、前燕、前秦、西燕、后燕、北魏、东魏、北齐、隋……四百年来，晋阳城的主人一直变换，被惊动的亡灵究竟是谁？根据贼人交代的地点，狄仁杰一一排除显贵高官的名字，舆图上一层层姓名被抹去。

最后，他找到了那个人。

当狄仁杰看到那三个字，案卷被他揉在一起，无法抑制的愤怒，令他憋了良久，浓浓吐出一口浊气。

这是北齐丞相斛律金的遗物，一百多年前，斛律金用鲜卑语唱出《敕勒歌》，那首苍凉的民歌自此在中原流传。他的儿子斛律明月官封咸阳王，可惜一代名将，最终为奸臣所害，朝中再无栋梁，遂导致北齐灭亡。

纵然是天潢贵胄又如何？名将良臣又如何？一抔黄土埋白骨。若有贼人惊扰盗取陪葬，就连白骨也不得安宁。

狄仁杰对这对名将父子由衷钦佩，于情于理，他必须严惩这四个胡人。

抛出证据后，盗墓犯痛快地承认了。他们在萨保府的宴席上，听到斛律金墓葬的所在，相约而行，果然得手。第三个被擒的胡人名叫图瓦，是最难缠的一个，他忽然冷笑道："我等是龙长史的部曲，大人若想诬主仆共盗，且要掂量掂量。"

狄仁杰凛然。对方在要挟，想诬告龙敏的不是他，而是这四个部曲奴仆。如果是龙敏遣奴仆盗取财物，无论龙敏是否取物，都是首罪。再加上龙敏无辜被诬，萨保府必不安宁，在并州的粟特人都会心生疑虑，觉得朝廷不公。

但是，龙敏真是无辜的吗？

狄仁杰很快肯定了这点。四个胡人于雪天出手赃物，显然不是龙敏所遣，斛律金的陪葬物里，有不少值得珍藏的遗物，被他们不识货地贱卖了，而龙敏势必能看出其中价值。裴福正在追索那些陪葬品的下落，在狄仁杰看来，那是保全斛律金最后尊严的物品，必须重新埋于地下。

写下绞刑的判决，狄仁杰厌恶地对四个胡人说道："我会再去萨保府询问龙长史，也会去搜集你们的罪证。真相，靠的是证据。顺便指点你们一句，按律，奴婢告主，主人无事，奴婢绞刑。"

胡人们呆了一呆。

牢门关闭，他们这才有了恐惧，大声地哭诉冤枉。冰冷的墙壁是他们唯一的听众，喊破了喉咙，也没有一句回答。

狄仁杰踏着哭嚎声走出大牢，那是对斛律金最好的忏悔。

萨保府内，舞女的金裙舒卷开合，红毯边上，香兽轻吐烟尘。

“图瓦他们竟会去盗墓！还敢当街贩卖？”龙敏听到报告，差点一口老血喷出，整个人都石化了。

香兽的烟气消散了，余下一摊灰烬。舞女仓皇离去。

“大人，既是部曲私自犯事，就由他们自生自灭，何必为此烦恼？”前来报讯的校尉安师通急忙劝慰。

龙敏稍稍心安：“你是说，与我无关？我不会受此牵连？”

“这……要看都督府的法曹参军，肯不肯放过大人。若他们想为难萨保府，在这件事上做文章，我等就要受制。”

“哼，法曹参军而已，那郑崇质不是要走了吗？”

“有这样的事？”

“蔺长史别无人选，今日点了郑崇质去交代。”

安师通叹气：“除了郑崇质，还有狄仁杰，他才是最难啃的骨头。图瓦他们的案子，若是他有心为难问责，长史大人只怕难辞其咎。”

龙敏一听，警惕起来，他留恋这个位子，一直明哲保身。下属有任何错误，立即推出去认罪，绝不姑息，因而有从不护短的名声。可视为美誉，也可当做恶评，龙敏想的，就是太太平平致仕，安安稳稳到老。

“安师通，你去稳住狄仁杰，最好多给他找点事做。”

安师通眼珠一转，含笑应了。龙敏忍痛取了钱来，小心嘱咐：“你拿去周旋，别露出端倪，叫人反咬一口。”

贞观年间，太宗皇帝故意勾引官员贪污，刑部有位司门令史受贿一匹绢，被太宗砍了脑袋。如此重刑，官员极为收敛，龙敏不想安师通成为送上门的靶子，特意多说两句。

沉甸甸的钱帛映在安师通眼里，他不知想到什么，嘴角诡异地闪过一丝笑容。

“大人且安心，想要狄仁杰闭嘴，最好的法子，就是永远听不见他说话。”

狄仁杰之

神都龙王

第五章 暗流涌动

他无法在朝堂上治国平天下，能造福这一方百姓，已是善莫大焉。

想到这里，心中块垒渐次消散。狄仁杰深吸一口气，胸臆间，浩然生风。

申时，州衙敲响散堂鼓，官吏们陆续走出，牵马唤车。

狄仁杰处理完所有案卷，走出衙门，看到同僚郑崇质呆立在石阶上，半只靴子浸在雪堆里。狄仁杰扫视街道，郑家的车马未至，不知什么缘故。再看雪中痕迹，曾有车行到郑崇质身前，而后离去。

狄仁杰想了想，拍拍郑崇质的肩膀：“郑大人，共饮一杯如何？”郑崇质勉强一笑，正待推辞，狄仁杰不由分说拉了他就走。

到了酒肆，狄仁杰看了牌子，喊道：“博士，三升荔枝烧。”

“贵了……”郑崇质急急提醒。岭南荔枝食之不易，酿作酒运来北地，价钱也不便宜，滋味却是一等一的好。

狄仁杰笑笑摆手，浊酒五文，普通烧酒十文，这荔枝烧要三十文，妙在后劲十足。

博士摆上两个花口杯，用杓舀出美酒，琥珀色的荔枝烧闻之醺然。郑崇质长叹一声，一饮而尽。狄仁杰看出他心事重重，也不劝解，只含笑与他对酌。

饮过七八杯，酒劲冲头，郑崇质忍不住开始诉说往事。从小时家境如何贫苦，如何被母亲含辛茹苦养大，如何刻苦求学屡次应试，尽数倾吐出来。他絮絮叨叨说了小半个时辰，狄仁杰耐心听着，眼见一壶酒水见底，微微担心起郑崇质的身体。

似乎……不该叫这么烈的酒。

“郑大人，人生多有不如意，更要尽情畅饮！”狄仁杰狠下心劝酒。

“不错！不如意，为何偏是我遇上这不如意！我自问一生勤勉，不负祖宗，不负朝廷，担了这小小的职司，从无半点差错，没想到竟被一脚踢开！我娘年事已高，怎能随我远行受苦？”郑崇质悲愤拍案，衣襟凌乱，须发上沾满酒水，终于说出心事。

“难道郑大人要离开并州？”狄仁杰心中一凛，心念急转，失声道，“莫非是营州？”

郑崇质苦笑，把烧酒一股脑倒入嘴里，含糊地说道：“今日下的调令……这是要我……是要我……”

营州都督府属大唐河北道，所辖靺鞨、契丹、奚各部，远在两千里之外。狄仁杰深知朝廷对高句丽和扶余一带有动武之意，不断有重兵派往营州，相应的也会调遣其他官吏。郑崇质老母高龄，又卧病在床，狄仁杰因自小修习医术，知道其母的病需要静养，绝不能长途跋涉。郑崇质无法违抗上命，但他生性至孝，不会丢下母亲只身赴任，就此陷入两难。

只能借酒消愁。

“我宁可辞官违令，也不想……呃……”他重重地打了个酒嗝。

“郑大人，我代你出行如何？”狄仁杰郑重地说道。

“嗯？”郑崇质醉眼惺忪地望着他，含糊地苦笑，“你有大好前程，怎能去营州？我这一把老骨头丢在那里不碍事，你还年轻……你甚至没有娶妻！你说，要如何向家里交代？”

“我只需向自己交代。”狄仁杰笑笑。

他孤身一人在并州为官，没有妻儿，没有红颜知己，一心扑在官事民生上。有时，狄仁杰会想，整日混在男人堆里，身边是否缺了点色彩？可惜并州城，没有哪个女子，能占据他的心房。这大概是他唯一的遗憾。

郑崇质没把狄仁杰的话放在心上，酒入愁肠，很快烂醉如泥，瘫倒在地。狄仁杰心下叹息，吩咐酒家煮了葛花解酒，帮郑崇质灌了一碗，雇了车马，嘱咐脚夫勿要让他受风。

临别之际，郑崇质喃喃自语：“我走了，他们就该清净了……也好。”狄仁杰顿生疑虑，郑崇质翻身趴在车上，两眼一闭，竟睡着了。

目送车马远去，狄仁杰无心饮酒，想着解决之道。

并州都督府仅他们两人同职，朝廷要的是人，他代替郑崇质去营州即可。尽管路途遥远，营州又是苦寒之地，除非至亲，无人会以身相代。狄仁杰想的却不同，他与郑崇质仅有同僚之谊，按说完全可置身事外。但将心比心，见人急难挺身而出，才是君子之义。

对郑崇质而言，这是个困局，对他狄仁杰来说，仅是易地为官。狄仁杰暗自做了决定，就放下了心事。

相比之下，狄仁杰更在意郑崇质最后一句话。谁想让郑崇质离开并州？法曹手上权力不小，得罪的人也不少。如官吏犯赃贪墨，监守自盗等，就会交由法曹参军处置。

难道郑崇质发现了什么？

回想郑崇质近期处理的案件，他心头飘过一连串名字。

沉思间狄仁杰出了巷子，抬头一看，已走到萨保府的辖地。迎面走来一位武官，戴了尖顶帽，一身白色胡衫。他看到狄仁杰顿时大喜，抓住他的手道："狄参军，来得正好！此事你一定要评评理！"

狄仁杰打量来人，是有过一面之缘的安师通，忙行礼寒暄。

安师通拉他到檐下躲避风雪，沉声道："狄参军，有个粟特香料商人，七日前，其新到的三斤郁金香料悉数被盗。这人派了手下到处搜寻，竟在南市一家成衣铺子找到了，一股脑抢了回来。不料对方诬他盗窃，告到晋阳县城。县里自是偏帮汉人，让香料商吐出货物。如今，这官司吵到萨保府，两边都说自己是苦主。"

寒风卷起雪花，劈头盖脸砸在路上。

安师通语气平缓，像是不偏不倚，狄仁杰静静聆听。

汉人与粟特人的恩怨，在并州最为敏感，萨保府也做不了决断，多半由都督府出面调解。这是狄仁杰应有之责，他立即痛快答应下来："好，今日时辰不早，你且与我说说案情，明日一早，我去调阅案卷，会同萨保府一起参详。"

安师通笑道："就知道你是爽快人，你我边喝边聊。"

狄仁杰微觉诧异，安师通乃是武官，此事与他无关，大雪天这般殷勤不通情理。安师通看见他面上疑惑，轻咳一声，解释道："这香料商人姓安。狄大人仗义，我必有后报。"

粟特诸多小国皆氏昭武，称为"昭武九姓"，即安、康、史、曹、石、米、何、火寻和戊地，多信仰祆教。狄仁杰听说此人和安师通同姓，顿时恍然，摇头道："公事公办，不必客气。"

两人随便寻了一家酒舍，店家烫了酒端上。安师通细细说明经过，狄

仁杰大致听了，不时提问细节。安师通又将香料商人的住处告知狄仁杰，离此间甚近。

“还望狄大人有暇过去看看。”他言辞恳切，殷殷相盼。

“不急。”狄仁杰若有所思，睿智的双眸似笑非笑。安师通低下眼，把酒倒入喉中。

安坐酒屋里看出去，簌簌白雪如梨花飞舞，一杯暖酒在怀，恰如赏花看景。狄仁杰以指击案，与安师通说些风花雪月。他见闻极广，说到养马的心得，安师通起了兴致，和他争论西域马与中原马的优劣。两人聊到酒酣，暮色渐起，坊市响起了关闭坊门的响声。

狄仁杰住在相邻的尚信坊，起身告别。安师通约好明日，望了狄仁杰消失在雪中，他唇角流出奇异的笑容，转身折返沿街的另一间酒楼。

安师通直入楼中小阁，朝里面的人笑道：“幸不辱命。”

“去了狄仁杰，这法曹参军的位子，就空了出来。”屋中未点灯，那人在暗色中现出影绰的身影，懒洋洋倚在茵席上，如蛰伏的虎豹。

安师通不解道：“不是说，把郑崇质弄去营州？何必再害狄仁杰？龙长史只吩咐我，替他寻些事做，想他不要纠缠图瓦的案子。”

那人冷笑道：“狄仁杰太过聪明，整日与他相对，哪有做手脚的余地？再说，想扳倒龙敏，图瓦的案子当然要大做文章。”

安师通想到狄仁杰高深莫测的神情，不安地点头：“此人是不好对付，我和他说话，只觉他能读懂人心……想想就后怕。还好龙敏给了我些好处，足够拿去打点。”他故意这样说，心想石摩诃也该意思意思。

“你别被他吓着。等扳倒龙敏，去了狄仁杰，康大人自会把你高升。”石摩诃淡淡说道。

“我……多谢石大人美言。”安师通一怔，继而大喜，似乎想到来日的风光。

“你再混上一年，我就运作你来都督府。萨保府这等小地方，岂能困住我们？”石大人意气风发，慨然一叹，“你安排好人手没有？明日狄仁杰一去，就人赃并获，让他再无退路！”

“万无一失，那个案子，不论狄仁杰怎么判都是错。明日之后，狄仁杰就是阶下囚。”

二更天，狄宅。

油灯下，狄仁杰翻着五年前编撰的《新修本草》，这部药典共五十四卷，他誊抄了三个月，连图经也仔细摹了下来。里面记载的八百五十种药物，尽数记下，可惜不少药物在南方，寻不到实物。

每晚临睡前，他会读些医卜星相的杂书，手书一遍，再读一遍即可成诵。这习惯养成多年，日常的文书案卷，扫视后就过目不忘。

读了半晌，狄仁杰想起日间的事，陷入了沉思。他拿出笔墨，先写了一份陈情书给都督府长史蔺仁基，请求代郑崇质远赴营州。而后，他写下“萨保府”与“安师通”六字，凝神不语。

良久，纸上又添了龙敏、石摩诃、何怀道等人的名字。

狄仁杰想了想，划去萨保府长史龙敏的名字，以龙敏的身份，不可能再往上升迁，在此地管理族人，做个父母官就是最好归宿。他府上部曲偷盗案，落在他人手里，倒是攻击龙敏的最好靶子，只要有蛛丝马迹是他主使，龙敏丢官罢职都是轻的。

“好自为之。”狄仁杰喃喃自语，目光滑到下面的名字上。

石摩诃是萨保府的红人，有传言说他想在都督府谋个职位，郑崇质一走，想必就是此人接任。郑崇质去营州，是否和他有关？石摩诃一向长袖善舞，是四处吃得开的人物，与游击将军康达交好，康达与龙敏颇为不对付。

何怀道则是审理香料案的萨保府判司，狄仁杰与他有过交道，知他年少气盛爱护短，如有汉人侵犯粟特人的利益，一定要力争到底。

安师通是其中的关键。

狄仁杰隐隐预感，此事并不简单，安师通骤然出现交代案情，就是最大的疑点。他自问与萨保府没有太大交情，情理上，都该是那个香料商人或成衣店老板到州衙上诉，而非安师通这个武官出面。难道盗墓案已经惊动了龙敏？

狄仁杰收回散乱的念头，他不愿胡扣罪名，明日往南市走一遭再做定论，至于安师通的动机，他宁可眼见为实，实地查证后再判断。

梳理完诸事，已到三更。

推门看去，雪不知何时停了，琼树银花，一片白玉颜色。

为官者，忠君爱民。尽管这小小地方，波云诡谲，暗流涌动，情不自禁就会牵扯到官场的争斗中去，狄仁杰仍想尽力做到最好。

律法是他战胜野心、贪婪、凶恶等罪行的武器，唯有法治，唯有正义，能维持大唐的根本。无论何时何地，他要一以贯之，让犯罪者自食其果。

长安、洛阳，两京的官场，又是怎样风起云涌？轻寒料峭的秋夜，狄仁杰独立在雪地中，悠悠想了很久。

他无法在朝堂上治国平天下，能造福这一方百姓，已是善莫大焉。想到这里，心中块垒渐次消散。

狄仁杰深吸一口气，胸臆间，浩然生风。

狄仁杰之

神都龙王

第六章 风云渐起

井州多佛寺，

南市边上有座正觉寺，

为北齐名将斛律明月的宅子改建。

狄仁杰路过寺庙，

山门积雪，

扫雪僧在用捡来的食物碎屑喂食鸟雀。

狄仁杰想了想，

从大殿侧面走入经楼中，

为斛律父子上了香。

晴日一出，并州城的雪，化作尘泥没入车马。

狄仁杰步行出屋。他住得离州衙不远，家中仅一个小厮、一个丫鬟、两个婆子打理，与其他七品官高门大户迥异。这几个使唤人，是狄家带来的家生子，精干可靠，养着不贵。

天光初亮，街边除了匆匆点卯的官员，就是赶路的行脚客商，食铺酒肆飘起了香气，坊间百姓梳洗弄食。鼓点一声声敲响，沉睡的街巷重新迎来鲜活的一日。

先到州衙签了章，狄仁杰交上写给长史的陈情书，开始处理今日的文书。等到案头文牍解决了大半，他出了府门。

并州多佛寺，南市边上有座正觉寺，就是北齐名将斛律明月的宅子改建。狄仁杰路过寺庙，山门积雪，扫雪僧在用捡来的食物碎屑喂食鸟雀。狄仁杰想了想，从大殿侧面走入经楼中，为斛律父子上了香。

之后，他转到后面做法事的净土堂，寻到老和尚三空，稽首行跪拜礼。

三空微笑示意他起身，狄仁杰肃然站立，恭谨问道：“大师，佛家供品五香中，郁金有何奇特处？”《新修本草》中叙述寥寥，仅说可治马病，故有此问。

“不退菩提心，洗沐金刚水。金刚水中调有郁金、龙脑，可灌沐佛顶。”三空见狄仁杰依旧蹙眉，笑道，“郁金出罽宾国，也叫番红花。以郁金为涂香，可防病。”

狄仁杰恍然：“龙朔元年，朝廷置修鲜都督府，就在罽宾国。”

寺院里有时会直接用鲜花供养诸佛，枯萎后会被商人收走制成香料，转手卖出高价。因此三空深知郁金的特性，悉数说与狄仁杰听。

普通郁金一分重量就值六十文，一斤香料就要九万六千钱，价值惊人。

狄仁杰心中有了计较，谢过三空从正觉寺出来，到萨保府寻何怀道取案卷。萨保府的建筑与都督府不同，砖石建造的拱顶大厅，连着多处暗楼，墙面上皆是精美的人物浮雕。不远处就有火祆祠，庙前燃烧圣火，来往的粟特人会进去祈福。

狄仁杰沉默地望了一眼寺庙。

世人有信仰，也有贪念。有时拜神，往往是为了成全心头的贪念，而忏悔之后，有多少人会再度拾起私心，作恶后再拜在神佛脚下，求得原谅？

神佛救不了人心，律法也救不了，但律法能阻止人继续为恶。狄仁杰默然思忖，这是他要竭尽全力维护律法的理由。

进到萨保府内，里面的陈设多是金属器具，华丽闪烁的光泽，明晃晃地亮人的眼。

何怀道与狄仁杰年纪差不多，高眉深目，长相俊美。他是晋阳城里的

风流人物，最得坊市间妇人的喜爱，每次外出查案，与姑婆姨娘闲话家常费时良久，狄仁杰有时会与他玩笑，他却嘲笑狄仁杰不会哄女人。

何怀道把案卷一丢，打趣道："你能者多劳，我这儿还有几桩案子，要不要一起拿去？"

"我的粟特语可不好，尤其是骂人的话，学得太少。"狄仁杰一本正经地道，"他们在大堂上互骂起来，说得快了，我以为是在唱歌。"

"咦，你竟有谦虚的时候！"何怀道忍笑，看了他手中的案卷，又叹道，"这案子没什么趣味，要是换两个娘们抢钱，我可舍不得让给你。"

狄仁杰扑哧一笑："我承你的情就是。你且说说，查出什么了吗？"

"还用查吗？你们汉人哪懂得侍弄香料，三斤郁金！安曼从西域辛苦驮来，轻易就被打劫了。他最大的错就是太蠢，查到香料下落，报官多好！竟找了人去抢回来，光天化日的，说也说不清楚。"

"他一路驮香料至此，可有人证？"

何怀道摇头："商客怕被劫财，运货多不露财，并无人证。但他以往贩卖郁金香料，是有记录的。"

狄仁杰翻看案卷，挑几个显眼的问题问了，随后告别何怀道。此时已过午时，南市开门，狄仁杰买了胡饼垫饥，而后寻到安师通所说的铺子。

那家成衣铺人来人往，店中有各式男女冠巾，袍衫裙袜，绯紫青黄红，一片锦绣颜色。店里兼卖熏衣香，三斤郁金就成为店主所说的原料，藏在柜子中，被香料商人翻了出来。

店主年过半百，清瘦微须，打扮甚是得体。狄仁杰穿了便服，店主不认识他，殷勤过来招呼："公子要巾帽还是衣衫？"

"这里很香。"狄仁杰东张西望。

"是，有几件袍服，主顾指明要熏了香的。"店主说完，见狄仁杰对衣衫无动于衷，忙端出香料显摆，“我这熏衣香合了丁香、甘松、牡丹皮，乃是特制的秘方。”

“有没有郁金？”

店主脸色一僵，吃进一口风，呛了几声。

“可以添加。”不肯再多说。

狄仁杰扫视一周，如鹰目巡视猎物，店家大气不敢出，忽然问道：“阁下莫非是官差？”

“是又如何？”店里只有成香，少见原料，购入三斤郁金并不合理。

“是官差就好说。”店主仍是一脸质疑。

“法曹参军狄仁杰。”他亮出鱼符。

店主立即换上笑容，先向其他客人告罪，再把狄仁杰请到一边，抽出一只雕漆香盒，拈出香丸，放在铜炉的云母片上。他的指甲修剪得极好，可惜手背上生了癣，显出几分沧桑。

不一会儿，浓郁冷冽的暗香，盈袖飘拂。店主得意地道：“这便是加入郁金的熏香。”

“你的香料都去哪里进货？”

“多用衣帽鞋履和香料商人交换而来。”店主恭敬地取出宝相花纹的锦鞋，金缕刺绣的罗襦，华贵而精致。

“哪里的香料商人？”

“一个叫乌迦的西域人，现正在西域办货，大半年后就回了。”

狄仁杰盯紧店主，对方笑得谄媚，将心思掩藏在眼角的皱纹后。

“你坚称那三斤郁金香料归你所有，也是在乌迦那里所购？什么时候的事？”

“是，我寻思自己做合香，比外面买的划算。七天前所买，三日前乌迦往西域去了。”

“三斤郁金花了多少钱？为何买这许多？”

“乌迦和我是易货交易，银钱约莫二十八万，零头不算。我折与他花冠二十只，锦袍十件，就抵了数。大人你不知道，郁金既可做合香，又可染色，我要做郁金裙，自然需要大量香料试验。”店主擦了擦汗，天气寒冷，可店中如有烈火在烤。

狄仁杰瞪他一眼，花冠与锦袍上缀满装饰，价值万钱也合理。这店家甚是狡猾，推出无法对证的西域客商，又用无法对证的货物交易。

“你开始做合香了吗？”

“试了两次，就被那安曼贼人搅了！”店主怒气冲冲，“安曼向我兜售过香料，我嫌贵没有买，他就嫉恨在心。今次看我买了郁金，竟然狗急跳墙，到我铺子里，把香料全部抢了去！”

“你手背上的癣是怎么回事？”

“老毛病了。”他不安地笑笑，只觉哪里不对，把手收在身后。这个年轻人看似和气，毫无咄咄逼人的架势，几句交谈下来，却让他冷汗直流。

狄仁杰淡淡地道：“你若真用郁金制香，就能治愈这个毛病，它对手癣有奇效。郁金染色力极强，合香的话，你的指缝里会浸染颜色，用澡豆也无法清洗，但你的手太干净。”

店主难以置信地盯着狄仁杰，看到对方眼中轻蔑的笑容，那是对谎言的讥讽。

“我，我……”他一时编不出言辞，竟口吃起来。

“好，就算你真在做合香，其他香材在何处？当场制一次合香如何？”

店主呆呆凝视香炉，是的，他事后买了些丁香、霍香充数，此刻确实拿得出手。可狄仁杰一双锐目仿佛能看穿他的内心，他哪里知道制香的要领？连香具也不曾买全。

他没有退路。

流放三千里的重罪，破绽竟在他的手上。

“……我认罪。”店主魂灵出窍一般，听见远处传来自己的声音。

狄仁杰微微一怔，没想到店主投降甚快，几乎没有抵抗。

细想也是，狄仁杰从三空大师那里，得知很多郁金的特性，在店家身上对照来看，即知对方根本是门外汉。对熏衣香的熟稔，不代表熟悉香料的本性，不过是叶公好龙罢了。

贪欲恍若一梦，清醒来得特别快。狄仁杰心下感叹，拥有这间铺子已称得上富庶，店主却得陇望蜀，走上了错路。

“你随我去州衙，把案子结了。”

店主茫然地关上铺子，交代家人，一个满身绫罗的妇人哭天抢地奔出来，店主与她抱头痛哭。哭了一场，那妇人畏惧地望着狄仁杰，唯恐恼了他，给丈夫判得更重，只得哭哭啼啼去了。

店主交代妇人清算账目，赎自己出来，细细嘱咐了半晌。狄仁杰耐心等在一边，待他处理完所有杂事，行尸走肉般飘来，脸色惨白。今次他就算能赎铜免罪，也要大出血一回。

押店主赶回州衙，安师通已在苦等。他听说狄仁杰要去了案卷，却没有如约相见，隐隐觉得不对。

“狄大人，你让我好等！”安师通镇定地朝他拱手，笑道，“这可是那个店家？”

“是。他已认罪，我正想传你的本家，一等结案，香料就可归安曼所有。”

安师通欣慰道：“多谢狄公！我当带他来道谢。”

狄仁杰摇头：“此乃公事，安兄太客气就是生分。”

“理应如此。”安师通说完，意味深长地一笑，浑身轻松地告辞而去。他的背影如一团染在衣襟上的墨汁，郁郁的黑暗洗之不尽。

狄仁杰停下思绪，他不想多揣测安师通的动机，兵来将挡就是了。

晚些时候，香料案了结，安曼领回被扣押的郁金香料，对狄仁杰千恩万谢。狄仁杰将案卷整理了一份，交由萨保府备案。

此时，并州都督府长史蔺仁基看了狄仁杰的陈情书，惊讶不已，命人传他问话。

“你真想代郑崇质去营州？到了那里，很可能会去那一带打仗，你……或许就回不来了。”蔺仁基沉吟道，狄仁杰政绩出色，他不想放走这位能吏。

“郑家太夫人卧床病重，郑公无法远离，由我代他出行，最好不过。”狄仁杰坦然说道。

蔺仁基凝视他的双眼，看不出一丝犹豫，感慨说道：“未料你待人能诚挚若此！”他像是有心事，五指在案上轻敲半天，方道，“我再想一想，你下去吧。”

狄仁杰退了出来，蔺仁基亲自送他到门外，待他走后，兀自端凝着陈情书，低低叹道：“狄公之贤，北斗以南，一人而已。我不如他，不如他太多！”

他转身入内，写了一封信，命人送往司马李孝廉处，两人近来多有隔阂，浑不似当年交好的模样。目睹狄仁杰对同僚之谊，他又是钦佩又是惭愧，忽然想修复与李孝廉的旧谊。

身为长史，他应做表率，是狄仁杰让他看清了自己。蔺仁基想到此，对狄仁杰去营州的请求，又多了两分惋惜。

狄仁杰并没有意识到他给长官带来多少触动，到了散衙的辰光，一个人寻出并州官府的名录，细细翻看。无论都督府还是萨保府，所有官员的

这年十月，秋光正好，

长安城风吹香动，

满城金蕊赤英，

秋色霞光引得万民争睹，

车马浩浩荡荡铺出城去。

狄仁杰的目光掠过洛水，越过龙王庙重重屋檐，看向远处庄严的宫殿。高墙之内，强势的武后正在磨砺她的爪牙，狄仁杰明白终将闯过那一关，让朝堂上下，看到自己的才干。

百姓们不顾夏日炎炎，用香枝编扎了一条长长的火龙，沿了洛水舞动，祈求龙王的原谅。成千上万的民众跟在后面，观看舞龙者吟唱舞蹈，一个个点燃手中祭奠龙王的飘灯，虔诚地拜伏祭祀。

连绵的战帆遮云蔽日，黑压压地铺满河面，号角声此起彼伏，猎猎红旗在风中飞舞。腾腾杀气滔天而起，截断洛水，连飞鸟亦不敢掠过。

狄仁杰以最快的速度冲向龙王庙。他心焦如焚，想到那七人凶恶的神态，暗自后悔先前没有出手。

履历翻过一遍，就如刀刻在他心底。

看完名录，暮色茫茫，狄仁杰一路想着心事，从州衙慢慢往尚信坊走去，赶在关闭坊门前回到家。昏暗的街巷里，突然蹿出七八个手持长棍的混混，对了他不由分说挥棍打下。黑乎乎的棍影如毒蛇，邪恶地围成一圈，伺机就张开利牙撕咬。

仓促之下，狄仁杰身形如风，从棍影的缝隙中寻找出路，巧妙地游走到一个混混的身后，抵挡另一个人的袭击。一时间，敌人成了牵线的傀儡，任由他摆布戏弄，棍子时常打在同伙身上，而狄仁杰滑溜地穿过空当，向高墙掠去。

利刃破空的声音传来，不用回头，他知道有三把匕首追向后背。吐出一口气，狄仁杰蓦地下降，贴了地面后仰，翻身接过暗器。

悬悬地拿捏住三把匕首，手心火辣辣地疼。顺原路甩出，他掉头就走，在惨叫中越过了高墙。

他离尚信坊的坊门，还有两条街，但追击的敌人，似乎铁了心不想让他回去。关门的钲声陆续响了好一阵，前方数支长箭呼啸而来，“噗噗”戳在地上，等狄仁杰警惕地躲在一边，箭尾的羽翼犹在颤抖。

射箭者，不是普通的混混，竟有军中的身手。狄仁杰凛然望去，黑暗中，敌人没有暴露痕迹，老练的猎人正眯起眼，等待猎物出现。

狄仁杰之

神都龙王

第七章 莫须有

睿姬美丽的面容恍如镜碎，
她低低叹了一声，提起笔，
在元镇的诗作下填了一首。
写到动情处，
她咬住笔杆，
双目像是一对猫眼宝石，
出神地遥望虚空。
她爱恋的是诗歌，是情绪，
是悲悯自身在这红尘中的陷落。

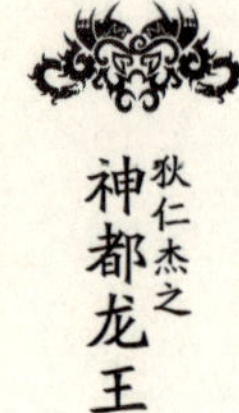

钲声终于停了。赶路归家的骚动渐止，街上行人越来越稀少，酒楼与邸店的生意热闹起来。追击者在这刻销声匿迹，狄仁杰等了半晌，没听到可疑的动静。他从隐蔽处走出，寒风漠漠，卷起烟尘与他的衣角，路人奇怪地看着他。

尚信坊的坊门已关闭，他只能留在此地，这些混混是不想让他回家？狄仁杰沉吟，瞬息飘过数个念头，直至一个惊喜的声音打断了他。

“狄大人？”香料商人安曼怀中搂了一个女子，从街角走来。那女子笑得妩媚，隔了远处的灯火，犹见她媚眼如丝抛来。

狄仁杰淡淡一笑，安曼推开女子，走上来行礼：“没想到能遇上狄大人，我正想庆祝一番，相请不如偶遇，狄大人可否赏脸喝一杯？”

“也好。”狄仁杰神情自若。

安曼忙使了个眼色，那烟花女子立即凑上来，挽住狄仁杰的手。

狄仁杰也不推辞，其中或有猫腻，或者真是巧遇，安曼在案件判决后，兴冲冲找了私妓。狄仁杰艺高人胆大，加上心细如发，并不惧对方玩花样。

两人就近寻了酒家，那个叫“艾艾”的女子紧紧黏住狄仁杰，他只得三番五次推开些。安曼见状笑道：“没想到狄大人如此拘泥，不够洒脱！”

狄仁杰笑了笑，男欢女爱讲究投缘，若真看中了谁，即使是青楼女子，他也会以诚相待。这位艾艾刻意卖笑，安曼居心不明，他自然无法投入。想到安曼或会生出戒心，狄仁杰爽快地把手搭在艾艾的肩头，“我喜欢自己主动，女人还是矜持一些为好。”

艾艾红了脸，自愿罚酒一杯。安曼频频劝酒，狄仁杰就在艾艾掌心里，一杯杯喝着。

“眼看人尽醉，何忍独为醒？”狄仁杰忽然朗声念了一句，眸光如利剑。

安曼一惊，跌落了酒杯。

狄仁杰看着他，哈哈大笑，安曼掩饰地捡起杯子，心神不定。

“大人兴致真好，不如行个酒令？”艾艾忙道。

三人遂行起酒令，艾艾颇有急智，安曼输得最多，狄仁杰抛开杂念，玩得最尽兴。

吃到酒酣，安曼要为狄仁杰安排住处，他摇手谢过，州衙里就有歇脚处，不如回去值夜。他执意付了一半酒钱，摇摇晃晃出了酒家。

安曼急急追出，不由分说把他拉到一家邸店，狄仁杰只得抢先付账。他好说歹说劝走了安曼，关上房门，双眼立即清明，亮亮地犹如灯火。

有什么事就要发生了，他无力阻止，这感觉很糟。他察觉到安曼的刻意，隐隐有预感，这不是一场偶遇。

安曼在邸店外，如枯死的老树，苍凉地一笑。艾艾腻在安曼胸口，听见商人喃喃地说道：“这是个好官，他帮我赢了官司。”

艾艾笑道：“你说了十几遍啦！”

“他是个好官。”安曼难过地低下头，紧紧搂住艾艾。

次日，狄仁杰匆匆在州衙签了章，而后往家中赶去。走到半途，何怀道领了两个人，见到狄仁杰，迎了上来。

“狄兄，出来查案？”何怀道绷了脸寒暄，两人相隔较远，显得生分。

“忘带东西，回家一趟。”狄仁杰笑笑，察觉了不对，“你这是去哪里？”

“和你同路。”何怀道难得不苟言笑，认真端详了他一眼，“狄兄，休怪我不讲情面。”

狄仁杰与他并肩共行，闻言自若地道：“出了什么事？”

“安曼来自首。”

“何罪？”

“向你行贿十六匹绢。”何怀道说得沉痛，他没想到这案子交出去，转眼就把狄仁杰拉下来。

“他可真大方。”狄仁杰嗤笑一声。一匹绢以五百文算，两万五千钱相对三斤郁金，不算太多，但足可以重判。

“狄兄！这可不是玩笑，兄弟承办你的案子，你要说实话才好。”何怀道急切地道，想从狄仁杰的神情里，看出是非曲折。

“放心，他想栽赃容易得很，到了我家，你一定能找到这十六匹绢。”狄仁杰一本正经，“昨夜我未能归坊，留宿在邸店，店中应有记录。”

“狄兄，你留宿在外，不能说明你未曾受贿，只要赃物在家中，不论是不是你亲自收下，你都难辞其咎。”

狄仁杰想了想，自嘲地一笑："你说得没错，我家中小厮若不经事，这罪名我就得担上。"他想通了，如果有人执意对付他，无论是酒家还是邸店，皆可制造错误的时间。哪怕他把昨日的行程一一摆出来，也说不清楚。

而安曼行贿自首，按律可以免罪。

收十六匹绢徒刑两年，他的七品官职可抵罪一年，就是一年的徒刑。狄仁杰沉吟，安曼是傀儡无疑，究竟是谁，想他远离并州官场？

官员的名录如流水，在他心头滑过。

到了狄府门外，小厮刚刚睡醒，哈欠连天地来应门。何怀道命人搜查整个宅子，丫鬟婆子吓得一动不动，狄仁杰反而随手取了一卷书，径自坐下读书。何怀道这才发现，他家中到处可见的唯有书。

何怀道又好气又好笑："你就要坐牢了，竟不担心？"

"担心能免罪吗？"

何怀道气结："好，那你直接认罪，我也省事。"

"我家地方不大，能放下十六匹绢的地方，只有书房，赶快去那里翻找。"

何怀道跺脚，很想堵上他的嘴，转头看着一边瑟缩的小厮，问道："你家主人昨夜未归，有人送绢帛来吗？"

小厮怯怯地望向狄仁杰。

"没事，狄詹你说实话。"

"昨晚有人敲门，说公子爷办了一桩好事，得了十六匹绢。我刚打开门，他们就冲了进来，公子未回，我不知该如何是好。"狄詹说完，小脸一皱，苦巴巴地对狄仁杰道，"公子爷，是不是……我坏事了？"

"我吩咐过你看好门户，你的确不够谨慎。"狄仁杰拍拍他的肩，语重心长，"如今我就要吃牢饭，记得买些好酒菜，别让我饿死。"

狄詹哪里忍得住，当即抽泣起来："既是我的错，怎能让公子去抵罪？"

何怀道不忍心，瞪着狄仁杰道："你吓唬他作甚！门户不严固然有错，他们要真想栽赃，他一个人哪里躲得了？"

狄仁杰笑眯眯地问："你觉得是栽赃？"

何怀道一怔，没好气地道："哼，你没心没肺，罪有应得，活该去关一阵。"

"我应该如何？被人冤枉痛不欲生？昨日碰到一个道士，说我有牢狱之灾，看来我是该进去住住。"

狄仁杰说得云淡风轻，何怀道突然意识到，自己竟嫉妒起他的从容。

"这案子我会移交都督府，希望他们会放你一马。"何怀道抓了抓头，当事人已表明想坐牢，他该如何帮狄仁杰洗刷罪名？

"我会交代昨日的行程，你就当做好事，替我去询问证人口供，再移交案子。"狄仁杰叹气，如果身陷官非，他无法代郑崇质出使营州，继任者是石摩诃，难保不判出什么幺蛾子。

狄仁杰麻烦缠身之际，远在洛阳的元镇，中了爱恋的毒，不断书写情诗。熏过花露的香笺上，密密写下秀丽的小楷，诉说他对睿姬的爱慕与思念。

每每他送诗到燕子楼，彩云冷冰冰地收下，不与他多说一句好话。元镇毫不气馁，既然肯收，他就乐得相送。睿姬不见客的日子，多在排练曲艺歌舞，那些诗正可用来唱和，不会毫无用处。

在他惴惴不安、相思时，睿姬倚在胡床上，口齿留香地读着他的诗：

一番秋意一番霜，曲径犹藏晚岁芳。
蓬结亭庐难闭冷，风裁衣袂欲流黄。
怜卿已是经年苦，笑我唯堪半面妆。
且唤惜花人到此，为移园圃待重阳。

她幽幽叹气，纤指无奈地在信笺上拨弄，她明白他的心思，却不想在花魁之选前破例。纵然他妙笔生花，痴情守候，她还是想保留一点余地，让自己坠落得慢些，再慢些。

惜花人，他就是她的惜花人吗？那么，且放眼未来，再耐心地等她一阵。

心猿意马地翻到下一首，依旧字字珠玑。睿姬一边读，一边发愣，忙去唤丫鬟："彩云，你来听听这一首。"

彩云笑道："元公子的诗，你个个夸好，我要听出老茧来。"

"不，这首不一样。"睿姬神色凝重，徐徐读来。

真身何必尽人知，逸士精魂陶令篱。

傲世独行方是隐，争香无谓故开迟。

多将绝色溶秋色，未允相思费苦思。

妙谛人言道不得，待君能解我心时。

彩云想了想，问："你是说，他猜出你身份非比寻常？"睿姬摇头："他未必能猜出，却写了出来。在他心中，我是独一无二的。彩云，我真想和他见个面。"

"不，姐姐你忘了，谁先低头，谁就输了。我等本已低人一等，你再贴上门去，只怕他将来看轻你。"彩云明知残忍，也要说出来。

睿姬美丽的面容恍如镜碎，她低低叹了一声，提起笔，在元镇的诗作下填了一首。写到动情处，她咬住笔杆，双目像是一对猫眼宝石，出神地遥望虚空。

她爱恋的是诗歌，是情绪，是悲悯自身在这红尘中的陷落。元镇书写了她的心曲，她乐意打开一道门，让他从幽径悄然走入，探知她盘曲的心事。

睿姬揉了揉肩，晨间训练《北旋歌》的舞步，腾踏生风，跳得一身酸痛。彩云替她捶背，心疼地道："这花魁的名头，真能让你有个好归宿？"

"我不知道，求天乞怜，不如自己争取。洛阳教坊卧虎藏龙，我宁可站着生，不想坐着死。"

轰轰烈烈燃烧过，她要留给世人最华丽的绝色景象，让人一辈子不忘。就像一首诗，在吟诵时，才有了价值。

睿姬心里有了好词句，把最后的诗句一气呵成写完，然后用微不可察的声音，哀求道："你把信还给他。"

彩云直直盯着信笺，良久，在叹息中伸手握住。

狄仁杰之

神都龙王

第八章 陷落中的人生

初沸的泉水，冒出了鱼眼，
加入些许盐调味。
待到二沸，水如连珠涌泉，
先舀出一碗汤水，
再用竹筴搅动沸水，
沿漩涡中心倒入茶末。
这时便有汤花如白云浮起，
把先前舀出的汤水倒进去止沸，
水乳交融，灿若春花。

元镇在煎茶。

淡青釉色的越窑茶盏，正在等候它的那碗茶汤。这是宫廷御用的秘色瓷，清心茶坊制作贡茶，被赏赐了一套，用以教习王公贵胄茶艺。

轻霞漫漫，烟气飘拂，初沸的泉水，冒出了鱼眼，加入些许盐调味。待到二沸，水如连珠涌泉，先舀出一碗汤水，再用竹筴搅动沸水，沿漩涡中心倒入茶末。这时便有汤花如白云浮起，把先前舀出的汤水倒进去止沸，水乳交融，灿若春花。

茶已好，骤雨急下，漫入茶盏之中。

煎茶只煎水，而分茶的讲究，在于分汤花。汤花分三种，细而轻曰“花”，若浮云鳞然；薄而密曰“沫”，若青萍水上；厚而绵曰“饽”，若皑皑积雪。

两只素色越瓷盏中，注入茶水。汤花如积雪，被元镇巧妙地分在两只茶盏中，不偏不倚，不多不少。一只堆起的汤花泡沫，在茶水上神奇地聚出一个“睿”字，另一只则写了“姬”。

睿姬……

你可曾看见我的心意？

他怅惘地出了会儿神，提笔把分茶的经过写下，这是他下一封信函的内容。他要教给她最高明的茶道，以她优雅的风姿施展出的茶艺，必定赏心悦目。

这时，管事从外头递进来一封信，元镇一惊，这是他递出去的粉蜡笺。他心急地拆开信笺，松了口气，开始如珍似宝地读着睿姬回复的诗句，仿佛嗅到她的清香：

薄妆玉面对朱门，摇曳新枝覆旧盆。

夙夜凝香同入梦，流年落蕊漫伤魂。

秋裁素缟成仙袂，月借清辉缀浅痕。

却道邻园红更好，独留惆怅向黄昏。

她的心，还是在担忧啊。元镇笑了笑，无妨，她肯坦露出脆弱与孤清，就已经对他敞开心扉。

他的苦心没有白费。那么，当他传授元家的独家茶艺时，她应能体会他的情意。

元家茶道的秘诀从不示人。

除了自家媳妇。

元镇想到这里神往地一笑，与她朝朝暮暮，相对品味他的茶香、她的异香，那就是最幸福的一生了。

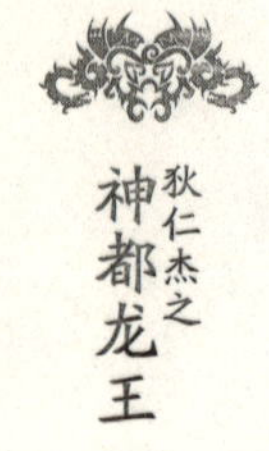

元镇忙于谈情说爱，茶坊的生意便有了几分疏懒，平时不是去燕子楼，就是长吁短叹费心作诗。茶坊的生意交由手下人打理，除非是皇亲国戚到来，他才出现在清心阁，为对方烹制茶汤。

茶坊里的管事与伙计无可奈何，他们的少东家是一位情种，能困住他的唯有一个“情”字。

有人一枕好梦未醒，有人噩梦处之坦然。

遥远的并州大牢，新进犯人一名。

“狄仁杰，十月初五于南市挟势乞索，收受绢帛十六匹。按律徒刑两年！”

典狱上官彦锐念完文书，尴尬地点头。狄仁杰还是法曹参军时，正是他的顶头上司，断案如神，没想到今日竟送了进来。

“官当减刑一年，我最多只坐一年牢。”狄仁杰笑了笑，像是在安慰典狱。他衣饰整洁，毫无忧色，不像坐牢，倒像来踏青。

他的案子拖了半个月，石摩诃就此接替狄仁杰的职位，很快办成了铁案。长史蔺仁基亲自过问案情，可是何怀道最初得来的证词，就对狄仁杰不利，石摩诃审问时自然坐实了所有证据，蔺仁基只得罢了。

“狄参军，牢里的日子不好过。”典狱凑近他，小声唤着狄仁杰原本的官称。

狄仁杰不羁地摆摆手，进去巡视牢房。不错，单人单间，十分宽敞，不比他家厅堂小。可惜稻草铺就的床榻，早已乌黑发霉。

狄仁杰拿出自带的茵席，要把稻草烧成灰洒在牢房各处防虫。牢内不许有明火，他举出一条条医理，逼了典狱借火给他。

“上官彦锐，我像是会放火烧大牢的人吗？”他义正辞严。

“狄大人，这是规矩，不是我不想借火，万一……”

“唉，你胆子真小！不如朝里你那位本家。”

“上官侍郎？那可是云端的人物，我哪敢高攀？”上官彦锐呵呵一笑，脸上有光，“狄大人，要不这么着，你把稻草拿过来，我到外头去烧？”

典狱对这个旧上司无可奈何，只能给他卖个颜面，亲自代劳来烧草。

狄仁杰就此安顿下来，除了这件事外，非常老实，不添乱。只是，同住监狱的犯人觉得这法子不错，凡是家境殷实能自带褥垫的，都想法子把稻草全烧了。

并州大牢内外一阵烟火气，牢房里却焕然一新，不再阴湿可怖。

徒刑要服劳役，狄仁杰被派去修城隍庙，每天半日在外服刑。他安之若素，无论是砌砖还是刷墙，有活计又快又好。负责匠作的师傅觉得他大材小用，开始教他彩绘，狄仁杰没多久就把矿石调出适当的颜色，不多一分，不少一分，让师傅直呼“妖孽”。

同去的一个犯人向他请教，如何晕色分彩，狄仁杰随口报出比例。这是多年匠人秘而不宣的配方，一时众人起了好奇，全来考他，城隍庙里一片大呼小叫。

“秋香怎么配？”

“藤黄八份，墨色二份。”

“银红呢？”

“燕脂三份，朱标三份。”

“我要老红。”

“赭石四份，朱砂六份。”

“草绿又如何？”

“藤黄五份，花青五份。”

“嘿，你可真神了！”众犯又惊又羡，他们与泥水苦苦奋战，狄仁杰描红绘绿，俨然统率群鸟的彩凤。

管理众人的匠作师摇头道：“屈才，这是屈才啊！”

狄仁杰宠辱不惊地一笑，径自去干活，监管的典狱挠头，这家伙就像埋在沙砾里的金子，走到哪里都那般耀目。

大牢里不曾禁止犯人读书。

熟知律法的狄仁杰，把这里变成了自家书房。上官彦锐每日为他搬运书籍，厚厚地堆叠在墙边，像是在加固牢房。除了劳役，狄仁杰有很多辰光可读书，他独自品读不算，有时还高声朗读，吸引了其他犯人聆听。

长夜漫漫，狄仁杰如寺庙里讲故事的法师，读起一例例妙趣横生的传奇，时而说教劝善，时而离奇诡异，时而婉丽缠绵。他兴起时，就一气呵成读完整篇妙文，有时兴致不高，吊起众犯人的胃口时，他却突然懒得开口了，犯人们或哀求或痛骂，逼他继续读完。他就悠悠抛出一卷书，让识字的犯人去读。

一来二去，识字的几个犯人开始向他借书，不识字的，继续听他绘声绘色诵读。值夜的典狱最为勤快，为听他的故事，买了好酒孝敬。

说得乏了，狄仁杰随手指一个识字的犯人，那人就兴冲冲讲起刚读完的书，口才多半比不上他，没多久就被人轰下去。狄仁杰歇得够了，抿一口小酒，再滔滔不绝地开讲。

狄仁杰与犯人们自此结下交情，每个人都爱与他闲谈，而他会在言辞中不知不觉把犯人的生平问去。犯人们爱和他闲嗑自家本事和异闻，天南海北聊一通，窃贼告诉他如何找出肥羊，面店伙计教他如何调制高汤，铁匠说出打铁控制火候的诀窍，鞋匠和盘托出麻鞋该做何样的鞋底，花匠指点杀虫浇肥的时机，赶车的把式有板有眼地卖弄驯马的技巧……

这些有用无用的知识如河流汇聚成汪洋，他从没有一刻像现在，如此贴近民生，知道每个凡俗百姓怎样过日子、讨生活。点点滴滴细碎杂乱的学问储藏在狄仁杰的脑海中，为政者须知民间疾苦，执法者当断是非曲直，很多时候，懂得越多才越能判断出真相何在，细节决定成败。

于是，旁人视作地狱的牢狱生涯，被他变成光风霁月的好日子。

转眼到了十二月，狄詹送来了腊八粥。狄仁杰看着墙边越来越少的书，悲哀地发觉，书快读完了。他家中藏书虽多，但多是圣人经典，自幼通读，且不宜拿来垒墙脚，此处放的尽是杂书，没想到狱中岁月漫长，就要无书可读。

州衙里又传来坏消息，蔺长史和李司马过问狄仁杰的案件，但因涉及胡商，受萨保府牵制，依然无法替他洗冤。

狄仁杰消沉了片刻，很快把烦恼抛诸脑后，自得其乐地扒拉地上的泥土，不顾污浊地捏起小人。他的手极巧，记性又好，没有学过捏泥人，却似模似样有了形状。

“狄老哥，你在玩泥巴？”对面牢房的犯人看见他的举动，好奇地问。

“书读完了，咱们来演傀儡戏。”狄仁杰含笑举起一个小人，惟妙惟肖的面容，捏的正是典狱上官彦锐。

上官彦锐的同僚见了，无不大笑，就有典狱央狄仁杰给自己捏一个。

“几位大人行行好，从外头弄点面粉来。”狄仁杰笑眯眯举起乌黑的两手。

这个大牢，有狄仁杰在，绝无沉闷。

典狱们和犯人们这样想着，舍不得放他出去。

他的罪，判得再重些就好啦！每当大家如此打趣他，狄仁杰就笑道：“你我在外面相见，岂不更痛快？人生可享受的多了去，海阔天空，自由的日

子才最好。”

好日子很快到了头。

接任狄仁杰职位的石摩诃，对州衙的大牢进行整顿，勒令清除所有书籍，夜间禁制喧哗，典狱不许与犯人闲谈玩乐，上官彦锐等人皆遭到他的呵斥。幸好郑崇质对狄仁杰心存感激，且蔺仁基调派其他人手去了营州，郑崇质得以留下，对大牢里的狄仁杰颇多照顾。石摩诃顾忌颜面，没有赶尽杀绝，巡视过一次就不再出现在牢狱里。

没有了书，大牢里死气沉沉，每个人没了夜间消遣，天暗了就倒头睡觉。

狄仁杰不觉无聊，他在地上画了一个巨大的棋盘，一人分饰两角，左右互弈。

狄仁杰在弈棋。他从这局棋，推算出过去未来种种变幻，渐渐有了领悟。棋局里还有些晦暗不清的布局，他要好好琢磨，等到良机出现，就能脱困而出。

越是处于风暴中心，越要沉心静气。

第九章 生死危机

皇帝很满意，

他找回了至尊的感觉，

洞察于微，善解人心。

他一眼看破其中权力的纠葛与阴暗，

这深宫里人人在抢夺，

谁都怕一不留神，

只剩下残羹冷炙。

他斗了前半辈子，终于想歇歇了，

却不甘心放手。

狄仁杰身陷囹圄之时，一场生死危机悄然向武后逼近。

长安，东宫崇教殿。

皇帝与太子少师许敬宗一起，考问太子李弘的学问。

十三岁的李弘身体羸弱，长得十分清秀，对答颇为流利。皇帝很是满意，又想起病重的上官仪，不觉叹气。这时宦官王伏胜为皇帝侍奉茶点，皇帝喝了一口，心中一畅，遂问："这茶煎得好，是哪家的贡茶？"

许敬宗忙道："是清心茶坊的雀舌。"瞥了王伏胜一眼，"王公公特意为陛下烹制。"

皇帝点头，茶好，也要煎水得法，便打赏王伏胜道："不错，弘儿心静，多喝茶少饮酒为好。赏！"

王伏胜道："这煎茶煮水之法，乃是上官侍郎所授，不敢居功。"

皇帝想起去年雪夜，红泥火炉烹热茶。上官仪应诏咏雪，那首诗他还背得出，忍不住就吟诵道："禁园凝朔气，瑞雪掩晨曦。花明栖凤阁，珠散影娥池。飘素迎歌上，翻光向舞移。幸因千里映，还绕万年枝。"

许敬宗道："皇恩浩荡，上官侍郎必能霍然而愈。"

皇帝满意微笑，指了王伏胜道："去领半斤雀舌，赏赐上官仪。他若病体稍安，即可自行入宫。"

王伏胜领了旨，前往群贤坊上官仪的宅院。

上官家的庭院与上官仪的诗一样，绮丽秀媚，富贵堂皇。王伏胜看得眼花缭乱，方进到里屋，看见病榻上奄奄一息的上官仪。

王伏胜道："我代陛下来看侍郎。"上官仪忙挣扎起身，强自伏在地上行礼，王伏胜也不阻拦，任他施礼完毕，扶他回榻上歇着。

"侍郎患的是什么毛病？"

"怪病，好端端就吐了血。"上官仪一脸无奈。

"哦……"王伏胜目光游移，在雕梁画栋间绕来绕去。

上官仪奇道："内侍大人有什么想说的？"

"我服侍过旧太子，你是旧太子的属官，我们都是某人欲除之而后快的人呀。"王伏胜是废太子李忠的内侍，提起旧主，心酸地擦了擦眼角。

上官仪"哼"了一声，想到李忠惶惶不可终日的处境，如鲠在喉，郁结难消。李忠先是被贬为梁王，后又被降黜为庶人，那份诏书还是由他代笔。

上官仪想到这里，脸仿佛更红了，病态的嫣红上，印堂隐隐发黑，一副将死的模样。

"你休要长他人气焰！"上官仪强撑病躯，"只要我还有一口气，我就要把那个女人拉下来！"

王伏胜抚掌叹道："侍郎可知今次为何会患病？"

上官仪悚然："你说什么？"

"自从忠太子被废，我服侍弘太子，原以为皇后会放过我等。"王伏胜走近上官仪，凑在他耳边密密低语，"没想到她竟然密令郭行真厌胜作法，要除去大人。"

上官仪两眼怒睁，气得说不出话。

"我亲眼看见大人的名讳被写在一张桃符上，被她镇住。是否有别处，写了别的名字，不可得知。"后面这句，说得很是诛心。

"这是死罪。"上官仪轻轻吐出这句话，又是兴奋，又是惊慌，血红的脸上骤降下一片苍白，仿佛索命的恶鬼。

"是，你说该如何处置？"

"此事必须禀告陛下。"

"可是宫中人多眼杂，万一走漏风声，让郭行真察觉，藏起厌胜之物，你我就是诬告了。"王伏胜的声音极低极轻，诡异得像是梦中的絮语。他的手不自觉颤抖，捏死他比对付上官仪更容易，武后只需一个不顺眼，就能让他跌落尘埃。

想要自保，先下手为强。王伏胜已经看出帝后间隐藏的矛盾，一旦武后掌握更多权势，他们这些旧太子的人，哪里还有活路？挑动上官仪去斗武后，他可以藏在深处，提前消除隐患。

他心下盘算，此事有八分把握，因此放心说与上官仪听。

上官仪低头想了片刻，断然道："陛下此时仍在东宫，你回去复旨前，先去查看郭行真的住处，他此时必在御前，无人打扰你。等查明东西确在那里，直接禀告陛下，陛下最恨厌胜，必定当场派侍卫搜查，我再入宫，为他添一把柴。"他握住王伏胜的手，"多谢公公救我！上官仪谨记在心，绝不敢忘。"

“大人言重。”王伏胜畅快地笑道，与上官仪结下这份情谊，日后必有回报，“但求与大人共进退。”

上官仪弄明病因，想到郭行真离死期不远，武后倒台指日可待，一时神清气爽，邀王伏胜他日来家中宴饮，两人殷殷告别。

王伏胜回到东宫，皇帝果然仍在。他先偷摸去了郭行真居处，看到两个童子守着屋子，他大摇大摆走去，寻理由支开两人，而后往内偷看一眼。桃符的一角原封不动从梁上露出，王伏胜暗自窃喜，返回崇教殿复旨。

“上官侍郎蒙圣眷恩宠，病情大有起色，已能下床行走。”

皇帝大笑：“好，好！”王伏胜偷偷抬眼，郭行真正在太子身后站着。

“上官侍郎说，他梦见天医星托梦，今次病重乃是……乃是……臣不敢说。”王伏胜跪倒在地，叩头不止。

郭行真的呼吸声清晰可闻，王伏胜凝视他的双脚，发觉微微在抖动。

“你说，恕你无罪。”

“天医星称有人在东宫行厌胜之术，诅咒上官侍郎。”

李弘大惊，当即伏倒在地，许敬宗也战栗跪倒。郭行真颓然跪下，脸色雪白如霜。

皇帝茫然一怔，旋即大怒，指了王伏胜，忽然长吸一口气，道：“好，即刻搜查东宫。许敬宗，你看好所有人不得擅动，否则，朕唯你是问！太子原地候旨。王伏胜，随我回蓬莱宫。”

皇帝在震怒中返回蓬莱宫紫宸殿，又宣上官仪入宫。

东宫中，太子惶惶不安，郭行真黯然朝太子一拜，许敬宗顿时明白，顿足道：“罢了，罢了！”他扫视门外侍卫一眼，低声说道，“必须尽快通传皇后，不然，恐有他变。”

太子知道轻重，点了点头。许敬宗咬牙出门，与一名侍卫低语良久，那人悄然出了东宫。

紫宸殿内，皇帝独坐在宝座上，冷然对着王伏胜。

王伏胜心中后怕，暗暗抬头觑看皇帝的神情，凝神分辨喜怒。皇帝默然半晌，问道：“你在崇教殿说的话，是上官仪教你的吗？”

“不敢！”王伏胜连连叩头，“臣死罪！臣是亲眼见郭行真作法，不得不报。”

“借上官仪的名头，你以为朕听不出来？”

“陛下圣明！陛下圣明！”王伏胜两股战栗，深深拜伏。

皇帝很满意，他找回了至尊的感觉，洞察于微，善解人心。他一眼看破其中权力的纠葛与阴暗，这深宫里人人在抢夺，谁都怕一不留神，只剩下残羹冷炙。他斗了前半辈子，终于想歇歇了，却不甘心放手。

媚娘，你的手伸得太长了！皇帝想到郭行真的相貌，突然起了厌恶。他笃信发现了真相，此事绝对与皇后有关，这是一个契机。她在做他最痛恨的事，就该允许他发威，允许他用皇权去惩罚她。

“你细细说来，郭行真做了什么？”

王伏胜不敢怠慢，绘声绘色地描述郭行真如何诅咒，仿佛亲眼目睹。他深知一个好故事的重要性，接下来只需郭行真的寝室里，有那块桃符就够了。

来自东宫的调查结果，比上官仪更早到了紫宸殿。皇帝嫌恶地望着王伏胜挑开血污的桃符，露出里面上官仪的名讳和生辰八字，武后的那枚宝玺似乎沾染了血腥，被弃在冰冷的殿砖上。

听到这是唯一寻获的厌胜物，皇帝舒出一口气。她毕竟不想害他，想到两人间仍有夫妻情分，他稍许有些安慰。

“郭行真交代了吗？”

“回陛下，他说悉数是他一人所为，与皇后无涉。”金吾将军答道。

皇帝凝视地上的宝玺，她用名字镇住上官仪，其实，真正想镇的，是这李唐江山！

这时上官仪见驾，金吾将军退去。

上官仪面上有种妖异的嫣红，他看也不看地上的厌胜物，行礼后昂首而立，气色好了不少。皇帝镇定下来，给他赐了座，默然不语。

上官仪也不多话，与皇帝相对静坐，王伏胜依旧跪倒在地，心如鹿撞。

“朕欠你一个交代。”皇帝沉痛说道。

上官仪连忙跪下，皇帝扶他起来，淡淡地道：“妇人弄权于后宫，终是不妥！”他的感慨来得那般无力，像是在诉说一个烦恼，多年夫妻，他给她的已经太多。

上官仪手心发汗，成与不成在此一举。武后连厌胜术都用上了，可见对他嫉恨已极，到她盘踞高位掌管社稷的一天，哪有他的命在？

一咬牙，上官仪对皇帝道：“皇后专权自恣，有违国体，理当废黜！”

皇帝一惊，灯花爆裂开来。

要废黜她吗？他心底浮起武后的纤纤身影，不知何时，成了滚烫的铁，他已把握不住这把刀。

“陛下若不做决断，只怕来日，政事皆毁于妇人之手。”上官仪咄咄紧逼。

王伏胜跪拜的身躯禁不住颤抖起来，上官仪冷冷瞥他一眼，挥手让他退下。皇帝完全没留意王伏胜的离去，他脑中诸念纷呈，心心念念想着武后。

她的媚，她的好，她的狠戾，她的骄傲。他发觉，她越是靠近宝座，他越是嫉妒。她行事杀伐果断，比他更像男人，更像帝王。她眼里，隐藏着睥睨天下的气概，飞扬跋扈，不可一世。

这种气度，他见过，那是千古一帝，他的父亲，太宗皇帝。

皇帝知道自己在惧怕，怕武后终有一日，如凤凰涅槃，无可匹敌。

“请陛下立刻下诏，废黜皇后！”上官仪看出他的犹疑，狠心说道。走上这条路，就没得回头，不成功即成仁。

皇帝喃喃地道：“好，拟草诏。”他恍惚地说出这句话，浑然忘了废一个皇后会经历多少波折、多少阻碍，各方势力又会如何博弈，武后会如何反扑。他只想挣扎一下，如初学游水的人对水的抗拒，他本能地害怕武后对朝政的掌控。

上官仪大喜，连忙备好笔墨，滔滔不绝地写起来。他一向代皇帝拟诏，熟门熟路，今次写废后的诏书，更如黄河之水倒悬，一发而不可收。不一会儿，他洋洋洒洒写了上千言，自觉作了一篇锦绣文章，不由得摇头晃脑读了起来。

皇帝听了几句，上官仪词藻华丽，言语极为刻薄，叹气道：“罢了，你重新写过，不要……写那么多。”

上官仪一怔，皇帝向来妇人之仁，武后牝鸡司晨，其罪难书，若不在诏书里写分明，只怕有失国体。他犹豫了一下，斟酌地说道：“皇后厌胜之事，当不当写？”

昔日王皇后被废，用的就是这个罪名，皇帝似乎忘了往事，他头疼地想了想，道：“写！”

上官仪松了口气，厌胜是无法摆脱的大罪，至于她咒的是自己还是皇帝，含糊其辞就好，武后再难以翻身。他唇齿留笑，惬意地提笔修改。

笔可以杀人。

武后一向轻视他。他知道那妇人对自己的评价，说他是只会写诗媚主的文人。如今，他要让武后知道，他的笔，可以废黜皇后。

狄仁杰之

神都龙王

第十章 从此天下不太平

暮色笼罩蓬莱宫，

武后的寝宫灯火通明，

废后事件尚未起波澜，

就已烟消云散。

一切的苦难就如阵痛，

不断刺激她的身心，

使她坚韧使她成长，

而后，

她最伟大最骄傲的作品即将诞生。

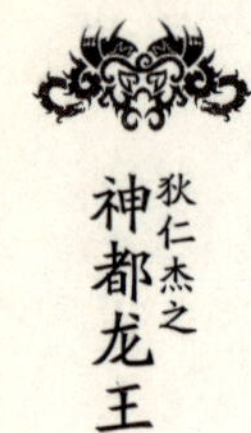

蓬莱宫掀起一阵旋风，武后来不及带任何仪仗，长长的霞帔曳过殿阁，径直闯入紫宸殿。她大腹便便的身躯丝毫没有不便，傲慢地、气势汹汹地踩出每一步，大殿在她脚下颤抖。

咚，咚，咚。

皇帝如被雷击。正在书写诏书的上官仪惊愕抬头，一团墨滴下，偏巧落在“废”字上，遮去部首，像写了一个“发”字。

皇帝跳了起来，急急迎上去，武后秀颜清寒，一把推开他，直直冲向上官仪。上官仪慌忙站起，笨拙地用双臂挡住诏书。

武后眼明手快，从案上扯下诏书，随意瞥了两眼，转头对皇帝怒目而视：“我为李家兢兢业业，陛下竟要废我？”那个字模糊不清，可是她心如明镜。

皇帝嗫嚅不言。

武后一阵悲愤，她想，四个儿子，竟不能维持帝心。她冷笑蔑视上官仪，是这个人在弄鬼！她拾起砚台砸了过去，上官仪昂首不避，磕在额头上，顿时肿起，一脸的黑墨更似恶鬼。

人为刀俎，我为鱼肉。

武后只觉晕眩——好，这是你们逼我。

“上官仪。”她冷冷地说道，眼神利如刀刃，“你在为废太子谋划吧？你难道以为，只要除去我和弘儿，就能迎回李忠？他是个无能的庶人！”

上官仪浑身一凉，他曾是废太子李忠的属官，若说他有谋逆复辟之心，如何能说清？

“皇后殿下，臣只知对陛下一人尽忠。”他挺直腰背，特地把“一人”说得极重。上官仪瞥了一眼皇帝，此时威风全无，对武后敢怒不敢言，听到废太子的名字也没有反应，不禁有些心寒。

武后冷笑呵斥：“上官仪，你大病未愈，回家养病去吧！”

上官仪不动，他在等皇帝的指示。皇帝垂着头，脸色昏暗，像是随时可能逃走，又像是被藤蔓缠死的主干，开始腐朽坏死。上官仪感到惶恐，他期待地望着皇帝，只要皇帝拿出君王的气势，武后也无可奈何。可是，皇帝心虚地站着，如同做了亏心事等待宽宥的丈夫。

徒使妇人成名！

上官仪长叹一声，丢下笔，向皇帝行礼。皇帝满腹言语无从说起，神情复杂地点了点头，目送他离去。

武后走到皇帝身前，抬手轻抚他的脸。为什么，在这深宫，最后要剑拔弩张相见？他们是一家人，高高在上，无所不能的一家，一不小心就会你死我活，六亲不认的一家。

这就是天家。

皇后可以废黜，太子可以废黜，那么，皇帝能不能废？武后心中冷笑，却生生逼出两大颗泪，哀婉地凝视皇帝。

“雉奴，你我恩爱多年，如今我身怀六甲，你想要的公主即将诞生，你就忍心……忍心她一出世，娘亲在冷宫里受苦？”

皇帝浑身一震，顾左右而言他：“郭行真为何要害上官仪，皇后心里清楚。”

武后泫然落泪：“郭行真是太子属官，为太子效命。上官仪心怀不轨，郭行真想杀他，也是为了太子，与我何干？”她转而抚摸小腹，柔声说道，“雉奴，我就快生了，你不是一直想要个女孩儿？太医说，今次很可能就是女儿。”

“真是女孩儿？”

皇帝似乎忘了其他，把手伸过去，武后却握紧诏书，在意地摇了摇。

“陛下真对我有疑，废了我也好。”

“朕这就撕了诏书。”皇帝拿起诏书用力撕扯，一时扯不烂，被武后抢过。

“烧了就好。”她靠近烛火点燃诏书，倏地一片明亮，火光映红两人的脸。武后雍容的笑颜在烛火下显得阴晴不定。

皇帝虚脱地坐回宝座。在脑海里，他幻想了一遍废后的经过，纵横捭阖，挥斥八极，武后只能跪在他膝下乞怜。他的目力突然好了，倨傲地目睹她的无措，丢下诏书任她苦求他收回旨意。

武后像是被烫了手，丢下一团灰烬。

皇帝回到了现实，烈焰温暖却伤人，权位是一把双刃剑，他们，回不去了。他不再痴迷于她的怀抱，她不再甘心做一个皇后。

武后轻松地一笑，继而拧紧了眉。皇帝疑惑地看着她，还有什么不满？武后一张脸皱起来，痛苦瞬间撕裂了她。

“要生了——”她无力地张开手，皇帝一把接住。沉沉的身子倚上去，武后得到支撑，眼珠里放出光来：“快传太医！”

整个蓬莱宫急速运转，太医王溥提了医箱匆匆入内，他身后跟了八名医师，如临大敌地在寝宫外候着，太医署和尚药局的女医与稳婆麻利地伺候武后。皇帝在外面焦急地等候，皇后阵阵惊叫落在他耳中，期待、愧疚、后悔、烦恼、压抑，种种心绪交替往返。

他已经是多个孩子的父亲，但他突然深切地渴望这个孩子的到来，仿佛这会弥合他与武后之间深深的隔阂。他会给这孩子最好的一切，这样武后就知道，他心中还是有她的，是的，他不能没有她。

这是武后所生的第六个孩儿。皇帝安慰自己，一定母子平安。

暮色笼罩蓬莱宫，武后的寝宫灯火通明，废后事件尚未起波澜，就已烟消云散。一切的苦难就如阵痛，不断刺激她的身心，使她坚韧使她成长，而后，她最伟大最骄傲的作品即将诞生。

“是位公主！”

皇帝喜不自胜，连日来的郁结一扫而空，欢喜地重复了一遍：“是位公主……我的儿！快把孩子抱出来！”

寝宫内，武后温柔地看着襁褓里粉嫩的女婴，既想把所经历的种种都教给她，又想挡风遮雨让她无忧无虑地长大。

在这险恶宫廷，刚从生死决斗中脱身而出的武后筋疲力尽，公主的到来成了她最大的安慰。她惊慌失措的内心终于平静，望着金线编织的帐子出神。

女医把孩子抱出去，武后听到皇帝喜悦的笑声。那孩子很是乖巧，在寝殿里哇哇大哭，出去却咯咯笑了起来，把皇帝老爹逗得欢喜不已。武后舒心地一笑，这个孩子，像她。

太平。武后心头涌出这个词，孩子的到来让她生出安定，一种为人母

的力量，使她有了勇气。这孩子天生福佑，她要好好栽培。

现在，是清算的时候。她立即抛下人生中最幸福的时光，心头萦绕日间惊心动魄的一幕。若非许敬宗遣人禀告东宫的异动，上官仪就钻了空子了。

郭行真可以死，上官仪必须死。

三日后，武后不顾身体虚弱，执意在寝殿宣召许敬宗。

“敬宗，你说，这朝堂，能托付给谁？”她开场就抛出大难题。

“皇后殿下圣明，此事岂是微臣可以妄言？”许敬宗不敢多说。

“陛下有眼疾，太子太年幼，除了我挺身而出，谁又能保得江山不乱？如今，有人图谋废后，就是想造反！”武后容色如铁，有着女子少见的坚毅，英姿勃发。她哪里有半点产后妇人的羸弱，大唐江山像是她的子女，而她是想保护孩子的母亲。

许敬宗跪拜：“微臣但凭殿下吩咐。”

“庶人李忠图谋造反，你去查一查，是谁在其中推波助澜！”

许敬宗领命而去。

他脚步如飞，几乎要飘起来，没想到上官仪作死，竟想废后！拉下上官一系的人马，能腾出不少位置，他一定要赶紧筹划。

寝殿内，武后持续发布政令。

“宣大理寺卿尉迟真金。”

尉迟真金年轻有为，武艺超群，对武后忠心不二。听到武后要他搜捕谋逆大臣时，立即应承下来，保证五日内即可将全部犯人归案。

武后凝视他朝气阳光的面容，想起暮色满面的皇帝，心中生出一丝豪情。李唐的朝堂已然迟暮，而她，会引领一群年轻有为的干将，走向辉煌盛世。

尉迟真金踌躇满志地去了，他太想做出政绩，展现自己的实力。像他这样的人，还有很多。她有大把的人可用，但是野心，能否代替实力？她暗自沉吟。

看着他的背影远去，武后抬头望天。

长安风云欲来，天地变色。

“要变天了。”

京师大肆搜捕嫌犯，并州官场也起了震荡，大牢里意外地多了个犯人。新任法曹参军石摩诃坐稳位子后，逮捕了萨保府武官安师通。

罪名：受贿坐赃。贿赂人：长史龙敏。长史龙敏为牵制狄仁杰交付给安师通一批财货，如今被人捅了出来，导致龙敏被免职，萨保府康达升迁为长史。

狄仁杰看到安师通时，颇为意外，但转念就想通了。他推算中缺少的一环，终于豁然开朗，棋局渐渐明朗。

安师通脸色晦暗，自从狄仁杰入狱，他想着高升指日可待，谁知石摩诃反过来咬他一口！他恨不得把那家伙剥皮拆骨。偏偏他下狱后，家中小妾又卷了财物逃跑，想要赎罪都无计可施。

“一定是石摩诃捣鬼！”安师通恨得牙痒痒，却无法反击，他有太多把柄在对方手里，何况有康达为石摩诃撑腰。他不禁自怨自艾，要不是他一时糊涂，在石摩诃面前炫耀，起码龙敏不会因此下马，而康达也坐不到长史的位子。

唉。

看到狄仁杰，他分外尴尬，讪讪地移开了视线。典狱将安师通安排在狄仁杰隔壁，两人皆是官员入狱，自当与贩夫走卒、强盗恶贼有别。

等典狱离去，狄仁杰隔了铁栏递去一壶酒。他自称有宿疾需药酒驱寒，狄詹就时常捎进酒来，上官彦锐马马虎虎装没看见就混过去了。

安师通沙哑的声音从墙壁背后响起："狄参军，我……"

"天寒，暖暖身子。"狄仁杰未说其他，入狱第一天，没人会好受。

安师通吞下一口酒，一股热气从胸口烧了起来，他对着墙壁发了会儿呆，想到自家的委屈，又喝了两口。

"我对不起你……应有此报！"安师通愧疚地说完，仰头把酒全部灌进喉中。这一升酒力度不小，没等狄仁杰劝他慢慢品尝，安师通红了脸向后扑通倒下，酒壶碎作几截。

狄仁杰听到动静，摸了摸头，旁人的酒量皆不如他好。既然安师通醉倒，恩怨就一笔勾销吧。

他愉快地这样决定了。

狄仁杰之
神都龙王

第十一章 困不住的金龙

想要守住一份基业，难！
能安定天下的良才，又在哪里？
武后不知道，
她想倚重的宰相之才，
龙困浅溪，
正在井州大牢磨砺他的韧性。
一旦脱困而出，
将龙吟九天，
光耀千秋。

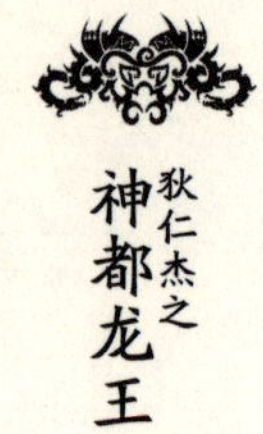

是非对错，有时却要用人命勾销。

蓬莱宫中的武后便是如此，不依不饶地要皇帝解释废后的事。她怀抱婴儿，脸上沐浴神圣的光芒，徐徐说道：“我自问一心侍奉陛下，为何陛下会恨我若此？定要废我而后快？”每当她说“陛下”而非“圣上”，就有七分哀怨。

“我初无此心，乃是上官仪教我。”皇帝慌忙摇手。

武后凝视皇帝，没有承担的男人，他的权威已在她心底坍塌。这样软弱的皇帝，如果李忠还是太子，会想取而代之吧？这念头燃烧起来，妖艳如毒蛇吐信，她遥遥看出去，丹墀漫漫铺就，通向宝座的路要一步步走完。

“既是如此，圣上不想惩戒上官仪？他居心叵测想害我，圣上可知他究竟为了什么？”

皇帝喏喏地道："他不喜后宫干政。"

"哼，圣上太小看他的野心！"武后厉声说道，"传许敬宗。"

怀中婴儿未被她严厉的语气吓到，反而伸出小手，咿呀咿呀叫着。皇帝忙道："别吓坏孩子。"武后心中想道，这孩子比皇帝强甚。

她不敢当面违逆皇帝，叫乳母把孩子抱了下去。

许敬宗大踏步走入殿中，行礼后，恭敬道："臣告上官仪、王伏胜与废太子行谋逆之事，求陛下严办。"皇帝不言，许敬宗递上奏折，武后命人接过。

奏折里，详述李忠成为庶人后，如何心怀不满，怨恨皇帝，做出种种匪夷所思的事。此前李忠将被黜时，就发生过他穿妇人衣避祸的奇事，此时更是被编派出各种奇闻，皇帝听得诧异莫明。

武后面无表情地道："李忠一向糊涂，以前圣上贬斥他，我多有劝和，今次连我也不想再护他。好端端的皇子，落到这步田地，是谁的过错？无非是他身边的人撺掇教唆。与李忠最亲的人，如今竟在东宫照料太子！我不能容忍他们把弘儿教坏了。"

皇帝辩解道："皇后多虑，上官仪对朕忠心耿耿，不会……"

"怎么不会？王伏胜去他家传完圣旨，回宫就诬陷郭行真，可见是上官仪的主意，想要诬陷于我。"武后把自己撇得干干净净，"圣上，我只求郭行真为你我炼金丹长生，从不曾想过其他。不说别的，我要为我们的女儿修福积德，哪里会做伤天害理、对不起圣上的事？"

提到女儿，皇帝眉间凝聚的愁意散了散，淡淡地道："如此说来，郭行真无罪了？"

"许敬宗，你在东宫对他的品行最为清楚，你说呢？"武后问许敬宗。

"依臣之见，郭行真佛道不分，曾把佛经抄入道经，流弊不浅，对太

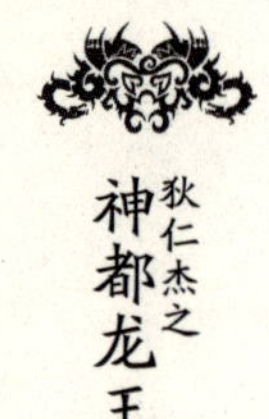

子殿下有大害。”

“有这样的事？圣上，郭行真既学识不足，德行有亏，确实不能放在太子身边。请圣上严办了他。”

那日在东宫，王伏胜像是特意提起上官仪，皇帝想起了这个细节。上官仪和王伏胜都是李忠旧人，难道他们对自己真的心怀不满？

枉他如此宠信上官仪！郭行真咒得好！但这个道士不能留，知晓太多的事。皇帝瞥了一眼武后，她肯交出郭行真，上官仪这不识好歹的家伙，放弃了也罢。

“许卿，把他们交有司处置。”皇帝提起朱笔，在奏折上批了一个“可”。

帝后两人间的嫌隙，就像寻常夫妻过日子，彼此争一争，闹一闹，各退一步，就过去了。倒霉的总是其他人，朝野震动，殃及池鱼，为的不过是帝后的颜面。

十二月十三日，上官仪与儿子上官庭芝、王伏胜一齐被下狱斩首，上官家被抄，上官庭芝之女上官静儿配入掖庭为婢。十二月十五日，废太子李忠自杀。

武后自此垂帘听政，与皇帝并称“二圣”，她端坐在珠帘之后，政令皆出其手。

一代皇后，登上了前所未有的高度。

经历了此劫，武后越发深信唯有权势，能让她战胜一切。

稍有不慎，万劫不复。

可是，能护持她的良相忠臣，她还没有找到。许敬宗够忠心，器量格局却太小，过于贪图财货，无识人之明。

想要守住一份基业，难！能安定天下的良才，又在哪里？

武后不知道，她想倚重的宰相之才，龙困浅溪，正在并州大牢磨砺他的韧性。一旦脱困而出，将龙吟九天，光耀千秋。

大唐麟德二年正月。

长安的消息传到并州，全城惊异。

午时，狄仁杰等犯人自外头劳役归来。留守在狱中的上官彦锐情绪很坏，唉声叹气地分发食盒，轮到狄仁杰时，典狱一脸悲痛地问道："上官侍郎……死了，全家籍没。为什么会这样？"

狄仁杰虽远在并州官场，却对朝廷的权力布局有相当认知，他遥望西京，首次对江山社稷有了忧虑。读过太多史书，他看出武后在玩火，这把火烧得不好，就会祸及南北，将祖宗留下的基业烧得干干净净。

望了望没精打采的典狱，他回过神来，天塌了，日子照样过。纵然江山变色，老百姓只认顶头的父母官，谁给他们活路就是好官，他先忧心如何出狱才是正理。每天修缮城隍庙，祈求冥司主持正义，不如指望法律。

"此事少议论为好。你担了上官这个姓氏，纵不是同族同宗，妄议朝政，被人听见也是麻烦。"

狄仁杰打开自家送来的黑漆红彩食盒，蒸饼没了热气，热粥已经放凉，幸好还有一截炙羊腿，香气引人四顾。

阴暗的牢房泥地上，用木棍画了巨大的棋盘印记，狄仁杰啃着羊腿，思索棋局。冬日的监狱特别寒冷，天窗上滴水成冰，犯人们抖抖索索窝着，唯有这位狄参军，优哉游哉地下着棋。

冰冷无情的牢狱，因这一盘棋，似乎跳出了黑暗抑郁，多了几分阳光。

"要不要来一局？"狄仁杰从思绪中跳出来，看着郁闷的典狱问道。

上官彦锐连忙摇手，走近狄仁杰，小声道："狄参军，你的案子没有动静，要不要给府上送个信？"狄家是官宦世家，运作一番，起码能让狄仁杰脱罪。

典狱不忍见上司受苦，忍不住就想相助。

“多谢美意。不必为我担心，此劫很快会过去。”狄仁杰笑了笑，捧起冷粥喝起来。他嘱咐过家里，送吃食无需奢靡，有羊腿就足够了。

“哦？”典狱可不相信，狄仁杰刚正不阿，得罪了不少人。如今关押在这里服刑，复官无望，哪有出头之日。

“你看，这几日，是不是有大人物要来州衙？”狄仁杰笑眯眯地问。

“咦，你怎么知道？”

“典狱官五日一录囚，他已经错过日子了。平理冤狱，是狱官的本份。”狄仁杰悠悠长叹，拿起羊肉大口嚼着。

上官彦锐苦笑，要是州里能为狄仁杰平反，哪里要等到今日？

狄仁杰吞下一口羊肉，朝他一笑：“确要请上官你跑个腿，请替我给郑参军传个信，求他把我这桩案子，放在案卷的最上面。”

狄仁杰说的是郑崇质，典狱自然认得，急忙应了下来。

等典狱若有所思地离去，安师通凑到狱墙边，朝狄仁杰喊道：“喂，你说的大人物，是谁？能不能放我出去？”

“嗯？和我下一局棋，我就告诉你。”

“不下，下了就是输，输了你又逼我作证，这不是要我的命吗？”

“我可以让你一局。”

“不干。”安师通说完，见狄仁杰没理他，又好奇地问，“今次是和谁下棋？你怎么不下了？”

“王羲之。”

安师通高山仰止、一脸崇敬地道：“真有你的。那昨日和嵇康下棋，赢了还是输了？”

“我输给了嵇康，但能赢王羲之，因此不下了。”

“为何？”

“嵇康的曲子弹得太好，我一边下棋，他一边奏曲，我分了神，自然下不过他。”

安师通扑哧一笑，这人分明在左右互斗，煞有介事，玩得像真的一样。

“王羲之呢？棋艺没你好？”

狄仁杰从食盒里摸出酒袋，打开塞子，幽幽的酒香弥散开来。安师通咽了口唾沫——上好的石冻春，典狱真是偏心，竟允许狄家夹带美酒。有了这玩意，别说王羲之，安师通也想投降认输。

“你真有把握出去？”安师通心痒痒地问，每次和狄仁杰交谈，他总是受挫，一不小心就把自己绕进去，“告诉我大人物是谁，我陪你下棋。”

狄仁杰微微一笑：“其实不难猜，每年正月，朝廷会遣使巡复狱情，黜陟使就快到并州了。轮值的官吏就那么多，来的会是谁，想想就知道。”

“这……黜陟使几天就走了，万一来不及判案……”安师通的心思活络起来。

“此次来的黜陟使是阎工部，他慧眼如炬，不会错过。”狄仁杰自信地说道。

工部尚书阎立本，曾任将作大匠，长安蓬莱宫即是他主持设计修建，凌烟阁二十四功臣图也由他所绘制，时人称其画作为“丹青神化”，其《步辇图》、《历代帝王图卷》等是传世佳作。他的画功名扬天下，反而遮掩了理政之才，狄仁杰清楚地知道，如今能救自己的，只有阎工部。

“那……我能出去吗？”安师通嗫嚅说道。

“你若想赎铜免罪，我帮你想法子凑钱。”狄仁杰笑道，“你已知错，是吗？”

“是，是！”安师通感激涕零，狄仁杰背了官司，还肯先替他设法，

殊为不易，“狄大人，我知道你是个清官，手上只怕没几个钱。你不把钱留给自个儿用？”

“我很清白，不用花钱。”狄仁杰笑了笑。

安师通心头活络——要不要帮对方作为交换？狄仁杰的案子与他有关联，或许在阎工部面前求个情，两人案子放一处，就一起改判了。可是，如果不扳倒康达与石摩诃，他的前途依旧不明。

“要玩就玩大的！”他恶狠狠地说，“狄兄，敢不敢把康长史拉下马？”

狄仁杰之

神都龙王

第十二章 一步登天

有朝一日，

会有人记得他的识人之明，

阎立本感慨地想，

多少年后，

恐怕世人仍会当他是个画师，

而狄仁杰却不同，

势必在大唐朝堂上绽放熠熠光芒。

不可阻挡。

狄仁杰料事如神，他断言阎立本将至的第三日，州衙重审他的案子。

座中最高长官正是工部尚书阎立本。

阎立本一看狄仁杰的过往政绩，心头先有了三分好感，再询问州衙里同事对狄仁杰的观感评价，多有好评，便先入为主有了好印象。然后调来安曼与狄詹细细查问，又把成衣店老板重拎过来审问。前两人都是美言，安曼心中有愧，对狄仁杰尽是赞叹之辞，而成衣店老板被罚了个倾家荡产，听说狄仁杰反而入狱服刑，早就没了怨言。

这一场供词问下来，阎立本略略有了谱，就召狄仁杰问话。

“狄仁杰，你可知罪？”他望过去，看到一个倜傥自信的青年人，牢狱的风霜并没有给他留下什么痕迹，相反，狄仁杰脸上朝气蓬勃。

“忠心为国，秉公执法，不知何罪？”

“你收受贿赂，知法犯法，又作何解释？”

“禀工部大人，我家境殷实，俸禄足够花销，平素没有不良嗜好，实无贪赃必要。再者在下断案过万，深知律法，岂会如此明目张胆，公然收贿？我人品如何，州衙各司皆可作证。”狄仁杰沉声答道，“安曼若是断案前送礼，有引诱我枉法的嫌疑，可他与我事先并不相识，在官司得胜后突然补礼，其人却与我在封闭的坊中饮酒，这其中处处可疑。”

他的案子并不难查，关键在用心。何怀道把案子交给了石摩诃，显然无法查到真相，而阎立本却无顾虑。

阎立本微笑：“然则，你就无罪乎？”

“家仆贸然收下财物，有不察之罪。我管教不严，也当受罚。我和他两人杖责即可。我与安曼无冤无仇，却遭其诬陷，当查背后根源。”

“你可知其中缘由？”阎立本听他条理分明剖析，有了考校之意。

“请唤安师通作证。”

安师通一脸苦相，把龙敏与石摩诃吩咐他做的事交代出来。事涉萨保府官员，阎立本神情凝重地听完，又唤安曼来质问。安曼经不住逼问，兼对狄仁杰有愧，终把石摩诃供出。

“石摩诃涉案，即刻请他来问话。”

典狱领命前去拘拿，阎立本凝视错综复杂的案卷，揉了揉脑门。

“狄仁杰，你既是冤枉，为何不上诉？”

“今日时机方至。”狄仁杰心平气和，看不出一丝怨怼，“况且身为法曹，身临大狱更知疾苦，错判一例即误人终身，我也可以此为诫。”

阎立本听到这个理由，眼中一亮，没想到他心态如此之好。

“坐牢滋味如何？”

“心中自有山河。”狄仁杰言下之意，他虽困一隅，依旧海阔天空。

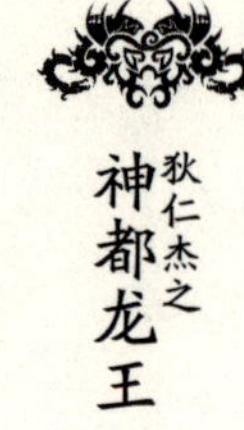

阎立本赞赏地点头，他自问见过太多官场起落，狄仁杰年纪轻轻，竟能看得如此通透，更难得目光清澈澄明，毫无官场习气。

石摩诃到来，一脸傲气，不承认安师通所言，也不认得安曼。安曼却也谨慎，从怀里摸出一纸信笺，乃是石摩诃私下传他的密令，要他缠住狄仁杰，不令对方往官衙去住。

石摩诃大怒，否认信笺是他亲笔，阎立本调来他平日的文书一看，哈哈大笑。以阎立本丹青国手的眼力，辨认笔迹毫不费力，当下把石摩诃用笔的习惯说得一清二楚，连不同纸张粗细程度、吸墨多少对笔迹的影响也说了出来，狄仁杰听得聚精会神。

石摩诃依旧嘴硬，阎立本并不着急，等他退去，又问狄仁杰："你来查此案，会怎么入手？"

"彻查安曼、安师通、石摩诃那几日的行踪，询问街边商贩与乞儿，录取邸店老板供词，证实我那晚动向。查找当晚混混的来历，他们有军中的身手，或是萨保府的武官。我在当天断案前，不识安曼，无从受贿，判案后与安曼偶遇，并未归家，家中却收到绢帛，可见不是出于本意。"

阎立本点头，安曼已招供，案情水落石出，狄仁杰思路清晰，再观他此前和此后所为，是个难得的干吏。

阎立本想到近日康达升迁的事，心知此案可能清算到石摩诃为止，很难咬出最终得益者，不免叹息。

"工部大人何须叹息？水至清则无鱼。又有一句话，叫'天网恢恢，疏而不漏'。"狄仁杰微笑，看出阎立本的心思。

阎立本愕然一怔，继而抚掌点头。

"你能有如此自觉，不做官可惜了。"他特意从座上站起，把狄仁杰扶到一边坐下，此时两人不再是法官与嫌犯的关系，"我且问你，你既然可以官复原职，对将来有何打算？”

“阎大人，别忘了，我还欠着板子没打。”狄仁杰一本正经说完，想了想道，“我离岗多日，积欠下诸多案子，需加倍努力做完。”

阎立本哈哈大笑：“好，你既愿意领受惩罚，我就如你的愿。这顿板子，权且记下，你想赶工做活，皇帝不差饿兵，总不能让你受伤乱跑。”

狄仁杰只得谢过。阎立本有意考校，便问起政事，举凡农桑赋税，荒政救灾，执法处断，礼教兴学，狄仁杰于细处剖析得一清二楚。阎立本来了兴致，又问起朝堂局势，狄仁杰沉默片刻，还是缓缓答来。

“圣躬微恙，皇后参政，只待太子有为。”

阎立本想了想，叹了口气。上官仪死后，大臣们皆物伤其类，生恐连累其中，触怒武后招致不测。皇后干政的事情，再没人敢说半分不是，太子的年纪却又太幼。

阎立本定了定神，对狄仁杰说道：“我查看过你的政绩，虽无赫赫之功，却细水长流，润物无声，百姓受惠多矣。年断万案，无冤无诬，实非常人所能。蔺长史与李司马对你赞不绝口，你的同僚郑崇质把你引为知己，即使是逮捕你归案的何怀道，也说你绝不可能贪污受贿。”阎立本赞赏地打量狄仁杰，他身上有少年的锐气、中年的沉稳与老年的睿智，画入绢帛即有仙气。

狄仁杰摇头道：“我不能防微杜渐，徒惹嫉恨而不自知，可见锋芒太盛。”

“年轻人岂能没了锐气！”阎立本呵呵一笑，忽然问道，“你官复原职，但并州一地，略嫌狭小，你可愿去朝堂上为国出力？”

狄仁杰眼中一亮，想到两京朝堂上的风云起伏，微一沉吟。

“你既志在天下，就不要困于一隅。”阎立本想起自己的画功，在进入庙堂之后，并未凝滞不前，反而因有了天下之念，越发沉健磅礴，“入京吧，用你的才能，造福更多的百姓。”

或许，大唐江山会因有了此人，略略有了不同。

狄仁杰抛开杂念，慨然应下："敢不从命！"

"我想举荐你入大理寺，那里可掌天下刑狱，平世间冤屈。"阎立本欣慰地道。

"多谢大人成全！"狄仁杰行了一礼，眉间隐隐兴奋，摩拳擦掌，却还守着礼节。

阎立本笑道："你且把我当作忘年友，不必太拘束。"

"工部于我有恩，又是长辈，岂能失礼？"狄仁杰微笑，清亮的眸子透出正气，"只是我依然想先了结并州这里积欠遗留的案件，心无旁骛前往京城。不知大人可否给我半年时间？"

"难为你不忘本！好，好，我岂有不应之理。到时你持我的荐书和朝廷的官牒，去往大理寺赴任即可。"阎立本呵呵长笑，甚是痛快，"你是河曲之明珠，东南之遗宝！我能为朝廷选栋梁，当浮一大白！"

狄仁杰很是赧颜，俊俏的面上难得有些愧色，忙道："狄某惭愧，尚书大人如此美誉，在下如何能当？"

礼多人不怪，阎立本见他恭敬知礼，想了想道："你既多礼，我还有一技传授。这是我年轻时从几个艺人那里学来，微末小技，却对你颇有用处。今日放衙后，寻处地方庆贺你复官，再传你技艺如何？"

狄仁杰又是欢喜，又是感激，重重地朝阎立本一拜再拜，执师之礼。阎立本也不推辞，抚须大乐，他以画技扬名，世人多无视他对朝政的贡献，如今能举荐狄仁杰入京，阎立本深感欣慰。

有朝一日，会有人记得他的识人之明，阎立本感慨地想，多少年后，恐怕世人仍会当他是个画师，而狄仁杰却不同，势必在大唐的朝堂上绽放熠熠光芒。

不可阻挡。

狄仁杰平反时，石摩诃被夺职查办，安师通靠狄仁杰筹钱赎罪，安曼因诬告被定罪。

诸事安定。到了晚间，阎立本与狄仁杰约在凝香阁喝酒。

狄仁杰敬酒三杯，谢过阎立本洗冤提携之情，忍不住问起今晚要传授的技艺。阎立本见他殷殷期盼，便说出昔日所习的一项绝技来。

“我年少时，混迹坊市观看艺人百戏，被我发现几个聋哑艺人的一门本事，最合衙门的人学会。”阎立本故作神秘，笑道，“你猜猜，是什么？”

狄仁杰听他提及“聋哑”二字，心念急转，忽然恍悟道：“莫非是读唇术？”

阎立本拍案叹息：“你呀，太过聪慧，让我卖个关子不成？”

狄仁杰不好意思地摸头，阎立本哈哈大笑，心情愉快地道：“你说得没错，正是读唇术，他们无法交谈倾听，就算全用手势比划，有时也要错会意。因此聋哑艺人之间，流传一种读唇秘法，善唇语者即使远离他人，也能解读出唇语的内容。”

狄仁杰低头思忖片刻，又道：“可是，大唐有各族语言，又有各地方言，包罗万象，读唇语可不简单。”

“不错，艺人所授的只是基础的唇语诀窍，况且很多时候，你未必在一个人的正面，仅凭侧脸骨骼肌肉的起伏，要猜测对方所说的话，难上加难。”阎立本微笑，谆谆教导，“但若是你能破解其中难关，则普天之下，众声喧哗，都在你的眼中。”

狄仁杰怦然心动。修得这门绝技，跟踪嫌犯或是调查案情，都有数不清的好处，乃至防患于未然，揭破诸多隐秘真相……的确是专门为执法者打造的秘术。可是难度显而易见，除了大唐各地方言外，突厥语、鲜卑语、

粟特语、吐火罗语、吐蕃语、高丽语等诸族语言，纵以狄仁杰之能，也仅掌握少数几种。

他呼出一口长气，肃然地道："请工部大人赐教。"

阎立本画人极重神态气韵，对人物表情的纤微变化，熟烂于心。因此他教授的读唇术，比起聋哑百戏艺人的术法高明不少，甚至详尽地告诉狄仁杰，一个人姿态动作背后隐藏的种种涵义，一颦一笑，一言一行的背后，都可以揭开好大一篇文章。

狄仁杰如醍醐灌顶，眼前看到一片新天地。法曹办案，往往要识人于细微处，从蛛丝马迹寻找嫌犯的破绽。如今，受阎立本的指点，从前模模糊糊凭借直觉和观察力拿人的经验，有了更多道理的支持。狄仁杰越听越是钦佩，阎工部说的不仅是读唇术，也不仅是画人的诀窍，而是对人性人心的解读，超越技艺的道法。

一老一少，一个说得起劲，一个听得入神，一说就是大半个时辰。眼看坊市即将关闭，狄仁杰取钱吩咐伙计去隔壁邸店定下客房，一副通宵学艺的架势。

阎立本说了大概，笑呵呵地停下。

"光说不练，学不久长。"他指了外面星星点点的万家灯火，"随我去街上走走，看老百姓都在说些什么。"

狄仁杰欣然从命，两人漫步街巷，细细体会民情。

卖花女匆忙回家，对一篮的鲜花生出哀怨。吟哦轻念的士子，今日读到一首好诗。绣花女不小心扎到了手，隔壁包子铺的伙计腼腆地劝慰。远处传来小孩子的啼哭，咿咿呀呀讨要糕点，软绵绵的童音飘浮在夜风中……

世人百态，芸芸众生，如鲜活画卷，让人看见平凡之美。

读唇术就像为狄仁杰贴身打造，精通多族语言的他，从衣饰举止辨认出一个人的身份地位后，很快顺利解读出对方的话语。偶有小错，在阎立本的提点下，错过一次就不会再犯。

通天神探就此练就一双慧目，阎立本惊喜见证了一个奇才的诞生。

第十三章
百花争艳，花落谁家

洛阳城内，
通宵达旦的歌舞百戏，
令市民流连忘返，
而明义坊中
「百花争艳」花魁大赛，
更是万民争睹，充街塞陌。
坊间彩绸裹屋，香花铺地，
数以万计的绛红纱灯笼，
把院落楼台衬得天宫仙境一般。

洛阳，燕子楼。

长安与并州官场风云变色，东都洛阳却歌舞升平，奢靡旖旎。教坊官伎一心想在“百花选艳”中脱颖而出，挖空心思争奇斗艳，睿姬为此颇费思量，几次想了比试的才艺，却屡屡作罢，自觉无法夺魁。

彩云从外头回来，捧着沉甸甸的一封信笺，卖弄地朝睿姬一摇。睿姬纵身跃起，轻盈地跨过数尺，眼明手快地夺了去。

“哎，你每天就知道等他的诗！”彩云不满地撇了撇嘴。

睿姬冲她扮个鬼脸，急急打开洒金笺，龙蛇游走的笔墨，滔滔不绝地写就一首长诗。她屏息读完，不禁红了脸，这是元镇向她约定终身的一首诗，个中情意自不必言，词句里的意境极能引人共鸣。

彩云见她痴痴捏了信笺，好奇地道：“怎么了？这一首比平日写得好？”

“有了它，我自信可以夺魁！”睿姬傲然一笑，眼眉生辉。

上元节，正月十五、十六、十七三日，撤除宵禁，长安城灯火如昼。各处造三十丈高的大棚，金花银树，张灯结彩，帝后、皇子、公主出宫观灯，万千民众踏歌狂欢。

洛阳城内，通宵达旦的歌舞百戏，令市民流连忘返，而明义坊中“百花选艳”花魁大赛，更是万民争睹，充街塞陌。坊间彩绸裹屋，香花铺地，数以万计的绛红纱灯笼，把院落楼台衬得天宫仙境一般。

王公贵胄、达官贵人纷纷到场，包下最豪华的厢房，留待打赏的金银绢帛与珠宝器玩，价值可买下整个南北市。不少贵族世家的妇人罗绮锦绣，成群结队来明义坊捧场，与粉黛争妍的官伎相映成趣。

月色灯光下，一曲横笛泠泠而起，千百人拥在明义坊内，观赏群芳斗艳的盛景。笛声婉转抚过庭院，指引观者悠然选定位置，宽敞的空地上垒起花台，百余只灯笼照得四下辉亮。

六名腰轻体柔的舞女缓缓荡上花台，头戴苏和草叶编织的花冠，轻盈地跳起《苏合香》舞。

沁人心脾的香气在四周回荡，观众即知好戏要开场。

元镇不起眼地混在一边，他今日罗衣便靴，穿着极为简单。但他姿容隽秀，举止高雅，依旧为很多妇人所留意，不时飞过横波，频频向他示意。在这狂欢的节日里，抛却身份求一夕共醉的男女大有人在，元镇并无其他心思，投入地凝看台上的歌舞。

一曲完毕，太常寺少卿出来说了一番官话，无非盛世佳节，与民同乐，宣布花魁大赛开始。他絮叨半晌，观者迫不及待地发出哄笑声，闹着让他下场。那官员不卑不亢地一笑，单手一挥，便有一阵急鼓响起，万千花瓣由天而降，他朝四周一拱手，得意地踏花而退。

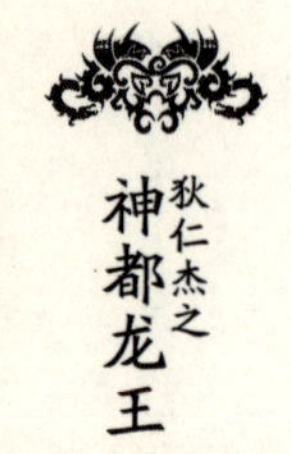

满座诸声嚣杂，对面说话即喧哗不堪闻，正在此时，忽闻一声清歌，如鹰击长空直入云霄，穿越无数人影煌煌而至：

远方有佳人，

脉脉隔烟水，

清骨并姣仪，

孤绝出尘世。

庭院内顿变悄静无声，众人纷纷四顾，寻找这妙音的来处。

一个体态修长的少年郎，扬鞭起舞，仿佛踏马游春，自陌上缓缓归来。众人细看去，他手中持的并非长鞭，而是一杆巨笔，正狐疑间，有人喊道：“这是燕子楼的睿姬！”

观者讶然，那人唇红齿白，容颜如玉，正是睿姬男装出场，惊艳四座。

这时花台后的一面墙壁上，落下巨幅的白绢，众人隐隐猜到什么，期盼睿姬走过去畅笔疾书。她却不慌不忙，清歌婉转唱道：“襟袖捧章华，芬馥盈环珮，颦笑俱神光，顾盼皆明丽。”

三个胡姬反弹琵琶，与她的歌声应和。

琵琶曲调悠扬，乃是新谱的曲子，众人耳目一新，点头应和。白墙上隐约出现一个女子的倩影，睿姬轻鞭纵马，追寻而去。那窈窕身影忽地不见，睿姬怅然执笔，用点上金粉的笔墨，簌簌在白绢上写起来，一时金光耀眼，不可逼视。

她素擅琵琶，今次却手持毛笔，身形疾舞，自有种少年郎的阳刚与傲气。观者目不转睛，嗅到如兰如麝的香气，见她踏着乐声，边舞边写边唱道：

我欲折其心，余生合同契。

未得引鸾欢，频递飞鸿字。

怅惘复徘徊，音问劳徙倚。

但见去来云，隐没峰峦里。

观者与睿姬一样，翘首寻觅佳人影迹，琵琶声中，千重山万里路，芳踪杳杳无迹可寻。

思之如柳带，旦暮空摇曳。

念之如磐石，撼移难咫尺。

常疑梦觉时，影动参差是。

起看皎月寒，透帷光垂地。

睿姬边唱边舞，青衣翩然，而笔走游龙，不时在白绢上留下一行草书。这手漂亮灵动的狂草，在士人中也算得上等，观者惊喜叫好，均觉这舞伎出手不凡。

而她的歌声，宛如雨后彩虹，中有七色，音色层次分明。水晶般清透的歌声在楼中穿行，闻者如沐春风，浑身毛孔被细细熨贴过一遍，只愿沉醉其中再不醒来。

“楼阁漫登览，花丛随取次，所爱不相闻，颠倒无由醉。

辗转街市间，悄立风霜际，朝鬓与夕颜，忽忽双憔悴。”

白绢上，佳人曼妙的身影再度出现，轻盈的身影如坐云端，缥缈不可触。睿姬所扮少年郎急急奔走，上穷碧落下黄泉，眼睁睁望着女子隐没在坊市间。

追逐与寻觅的故事，在众人眼前徐徐展开，流水落花，有意无情，睿

姬饰演的少年无论是悲是喜，都牵动人心。看他为爱惆怅，看他颠倒沉醉，看他胸次间藏了一团火，轰轰烈烈地燃烧，观者只盼他得偿所愿，抱得美人归。

可惜人生不得意，命运常捉弄，两人几次擦肩而过，缘起缘灭，无由弄人。当他彷徨徘徊，宵立风中，很多人幽然长叹，恍如身受。

李欣与一群宗室与世家子同坐，有人知他时常捧睿姬的场，不觉凑趣说道："这小娘子果然既美且慧，花魁当是她无疑。"

李欣颇为自得，他有先见之明，睿姬今日夺魁，就能把她收入名下，面子里子都得了。他心中得意，却要矜持，笑道："一场缘分，看她夺魁有望，我亦欣然。"一帮陪客称善不已，都说这才是洛阳佳话。

元镇心如猫挠，这是他写给睿姬的情诗，没想到她竟会当众以此献艺，倾倒众生。他又惊又喜，一时欣慰，一时忧虑，既觉得睿姬对他有情，大生知己之感，又惶惶不安，怕握不住这缘分。

睿姬昂然踏步，憔悴的风姿里不减痴狂，一腔情意如长虹贯日，令人肃然起敬。她轻挥衣袖，铿锵的嗓音唱道：

元知此身浊，枉称风流子。

未暇误卿卿，已换闺门闭。

浮世虽无常，岂得轻盟誓。

唯期诉衷情，幸勿相捐弃。

她对了白绢上的丽影倾诉衷肠，观者心有戚戚焉，只盼那佳人回顾。当那娇丽的身影蓦然回首，所有人舒了一口气，为睿姬所扮的青衣少年高兴。

"往昔忆曾言，将以结连理，于今犹复道，愿约同生死。

纸短莫及白，珍重怜卿意。贴肩未许谈，只作云中寄。”

青衣少年在场中疾舞，嘹亮的清音响遏行云，这段表白正是全歌高潮，听得人直想以身相许。观者无不念及自身，有没有这样的情缘，这样的良人，结连理，共生死，同墓穴，生生世世。

——最后一句唱完，睿姬一手狂草正好写完，满壁生香，灿若金龙。观者从她的歌舞中清醒，遥望这一幕金碧辉煌，恍如隔世。

“好！”

“花魁！”

“睿姬！”

观者犹如疯癫，掌声雷动，震得楼阁里杯盘摇簇，众人一起高呼睿姬的名字，无数铜钱与鲜花被抛了出去，打赏的金子与绢帛更是不可胜数。太常寺与教坊的官员小声议论，显是有几分意外，等看到不少王孙贵胄大手笔的赏赐，又明白过来。

这睿姬果然不简单。

歌、舞、曲、诗、书五绝，远超其他官伎的才艺，更不用说，她最得意的琵琶不曾拿在手里。而睿姬的绝色容貌与天生异香，更是锦上添花的筹码。观者不约而同地想，此女若非花魁，洛阳明义坊就是自砸招牌。

其他官伎无不失色，睿姬首场献艺，如此卓绝，堵死了他人的路。若她在最后出场，观众起码看过诸女的技艺，尽管一样会赞叹她的出色，但各花入各眼，总让人有出头的念想。

可是，此刻无论谁再上场，一个个味同嚼蜡，无数人眼里心里想的，只有那个名字。

睿姬。

花魁。

不是百花选艳，而是万花丛中，唯有她最艳。

随后的比试不出意料，诸妓拿出浑身解数，仅像是在翻版睿姬的一项绝技，跳不出藩篱。偶尔有令人眼前一亮的技艺，只是太过小家子气，格局不大，无法与睿姬媲美。

“花魁已是睿姬囊中物。”李欣抚掌大乐，想象美人在怀的景象，不由得浑身一热。身边陪客纷纷恭喜，仿佛睿姬成了李欣的囊中物一般。

最后结局毫无悬念，燕子楼银睿姬成为“百花选艳”的花魁。

待睿姬再次出来，已换过女衫，丽色照人。堂堂一室，只此一轮明月中天，映得周遭辉煌一片。各宗室、勋贵、朝臣、世家、士子、商贾等无不叫好，李欣带头说道：“今日之后，睿姬之名当冠洛阳！”

睿姬盈盈一拜：“奴家谢过诸位大人。”环视四周，秋水明眸定定看向元镇，浅笑道，“今次幸得元镇公子好诗一首，睿姬方有了胆色。睿姬愿为公子，独舞一曲。”

说完，她径自起舞，先前奏曲的胡姬在台下清奏。此时的舞蹈与先前的刚健迥异，腰肢袅绕，玉腕翻转，舞裙飞旋。更难得妙目流盼间，皆看向元镇，仿佛他是她的君王。

众人哗然。

一直以来，元镇的名声只响彻青楼，教坊伎人识得他的诗名，朝野仅知他是个茶商。《遣悲怀四首》，虽有不少人晓得是他的作品，到底一介商贾，不受人重视。睿姬此语大大提升了他的名望，诸妓心中活络，都想改日寻元镇写几首好诗。

而男人们看出睿姬对元镇另眼相待，既羡且妒，目光均有酸意。这女子当众示以私情，可谓胆大包天，也正因如此，是棒打鸳鸯还是成全有情人，权贵们心头火烧火燎地思忖。

元镇心情激荡，他眼中只有睿姬，她的话如清泉，滋润他四肢百骸。睿姬终于看他了，万水千山，横越漫漫时空，她的目光只为他一人停留。过往种种努力，今日一朝得报，元镇只觉如饮佳茗，不禁一笑。

急弦匆匆而终，睿姬知要点到即止，款款向观众一拜，谢过众人对她的宽容，移开目光也不再看元镇。

太常寺少卿面色难看，教坊乐伎最忌公然对一人示好，很容易天下大乱，尤其像今夜这种风口浪尖。他皱眉扫视四周，只求睿姬能够安分一点。

他这边胡思乱想，偏有人刻意闹事。元镇风度翩翩，望之如玉树临风，与睿姬才子佳人正成一对。便有不服气李欣的一帮士人商贾首先喝彩，眼神故意奚落地看向李欣，把这位嗣濮王臊得心中愤然。

李欣紧握酒杯的手一阵用力，恨不得捏死元镇，身边人附耳说道："睿姬不识抬举，可要教坊训斥？"

李欣长吸了口气，冷淡地道："不急！"

此时睿姬的眼神看过来，以她之聪慧，如何不知得罪了太多权贵？只是有意为情郎扬名，一时情不自禁。她浅浅一笑，走到李欣等花费大笔金钱捧她的豪客面前，一一进酒。

"诸位是睿姬的恩人，无以为报，一杯水酒聊表谢意。"她唇齿生香地说来，一饮而尽，朱唇上沾了微微酒色，更有一番勾魂摄魄的风情。

一众权贵本已不满，见她识趣，彼此给个台阶，大多数人没有追究，在睿姬一身异香环绕中把酒喝了。

唯有李欣，直面睿姬问道："不知今夜，燕子楼上，谁人可为入幕之宾，伴佳人而眠？"

满楼悄静。

元镇心如擂鼓，他刚才打赏千金，得陪末座，听到李欣如此赤裸裸的询问，不免忧心。论财力，他不及李欣十分之一，论权势，李欣一只小指就能碾死他。李欣既已开口，怎会善了？他倒也罢了，只怕睿姬吃亏，元镇不禁惴惴难安。

睿姬嫣然一笑："男女之事，妙在花前月下你情我愿，妾身不想求露水姻缘，此事自要看天意缘分。若真有一日，心有所属，必会宣告天下。"

李欣面色不豫："你倒清白！"众人也都愕然，满以为百花选艳之夜，就能采摘这朵带刺的娇花，不想她端起花魁的架子，玩起欲擒故纵的把戏。

场面僵持，太常寺少卿忙走出来圆场，毕竟教坊伎人是官属，伎乐歌舞之外，无需卖身为生。他笑吟吟说了两句场面话，不料李欣冷冷地说道："今晚，我就要她陪夜！谁敢拦我，就是和我作对！"

第十四章 定情

睿姬按下纷乱的念头，
深情地望着元镇，
前尘过往就这样去吧，
这是她定情之日，
不要用世俗的眼光，
扰乱了相聚的甜蜜。
她走过去，静静把头埋在元镇怀中，
清幽的茶香裹住两人。
一生一世，就这样多好。

李欣一言既出，千金楼顿时炸开了锅，千百位观赏夺魁盛事的客人议论纷起，在场诸王与官员都有不满之色。

“一个嗣濮王，如此嚣张，幸好李泰死得早。”这是怨毒的。

“在座的亲王都有几位，哪轮到李欣说话？”这是挑拨的。

“他要睿姬陪夜？凭什么？我出的绢帛难道比他少？”这是不甘的。

“嘿嘿，要打起来了！太常寺今次要吃苦头。”这是看戏的。

“睿姬娘子说得对，这种你情我愿的美事，强求了有何趣味？”这是自我开解的。

“哼，李欣的好日子要到头啦！想做恩客的不只他一个！”这是幸灾乐祸的。

元镇听得心中有怒火燃烧，他不怕得罪李欣，哪怕皇贡的身份没了，

中庭漫天悬垂的风铃，如瀑布如长索，随了众人的打斗叮咚作响。狄仁杰灵机一动，用力扯下一条风铃长链，用锁链缠住拓跋裂。

玉臂上，金环响动
红毯上，玉足飞旋
曲到动情处
两个舞姬香汗淋淋，依依垂泪
如莲花旋舞，出水悲歌
观者如痴如醉
禁不住掬泪忍涕
悲伤难以自抑

她是一件精美的乐器
外表华丽，内里刚烈
曲如心声，无镇直勾勾凝视睿姬
她究竟是什么人
从哪里来
有怎样的过去
为何这曲子里
像掩藏了三生三世的悲欢
不似人间应有

洛阳城内，通宵达旦的歌舞百戏，令市民流连忘返。燕子楼彩绸裹屋，香花铺地，数以万计的绛红纱灯笼，把院落楼台衬得天宫仙境一般。

也要替睿姬出头。他愤然起身，朝李欣朗声说道："在下想问一句，殿下把这地方，当做嗣濮王府了吗？"

李欣随即抬手，丢出酒杯砸了过来。元镇轻松避过，赢得一片喝彩，李欣越发嫉妒，指了他道："给我撕了他。"一声令下，身后三五个随从跃了出来。

元镇不慌不忙，仗了身形灵巧避让敌手，不时打出一拳，以一敌众。虽然身手平平略落下风，举手投足仍是佳公子的模样，赏心悦目。

旁观者的立场立即偏向元镇，一来李欣仗势欺人，强迫睿姬陪夜，为众人不喜；二来元镇素有才名，卖相又好；兼之众人同情弱者，总是倾向他多点。便有拉架劝和的人涌上来，拳脚中无不在偏帮元镇，李欣骂骂咧咧不服气，反而遭致更多白眼。

"够了！"座上一个老人忽然开口。

陇西恭王李博义，乃是高祖的堂侄，与太宗一辈的人物。虽然纵情声色，终日醉生梦死，毕竟是宗室长辈，又有亲王的名分在，李欣怎么也要叫声叔爷。他一开口，李欣顿时就懵了，要是和李博义呛声，只怕夺了自己的爵位都是轻的。

李欣骑虎难下，李博义幽幽地说道："睿姬小娘子既夺花魁，就是洛阳一宝，想强行掳掠，那是不成的。"

睿姬遥遥一拜："谢过陇西王。"

李欣一张俊脸涨得通红，他自负甚高，加上父亲早逝，极爱颜面。被李博义当众数落，又发不得脾气，一口气憋在心底，只觉脸上无光。他恶狠狠瞪了睿姬一眼，领了属官们离开。

走时，周围一片哄笑，李欣越发恼怒。

李博义冷眼看他消失，对左右叹道："焚琴煮鹤，不解风情！"左右阿谀声起，老人很是得意，笑眯眯地凝视睿姬。睿姬无奈，只得上前再敬一杯水酒，一双素手被李博义摸了又摸。她又羞又恼，却无法翻脸。

一场风波渐止。

过了子时，众人兴起回家之念。因上元节不闭坊门，王孙公子、文人骚客各自归家，明义坊中牵马拉车浩浩荡荡。众目睽睽之下，元镇不好逗留，心猿意马地返回茶坊，沿路的骚客浪人都识得他，指指戳戳招呼打趣，这一路竟走了许久。

喧嚣过后，整个教坊就像烟花过后的天空，寂寂无声，一时俱静。燕子楼的老鸨欣喜地把睿姬夺魁得到的财货运回去，睿姬与彩云遥遥缀在车队最后的马车中。

元镇留下了一盒雀舌茶，彩云捧在手里，睿姬不时抚摸，若有所思。

“姐姐在想元公子吗？”彩云有些不安。

“他肯为我挺身而出，我还没好好谢他。”

彩云撇嘴：“可惜他只是个茶商，要是有一官半职，李欣怎敢打他？”

睿姬扑哧一笑：“你忘了刘冕？李欣眼高于顶，有官职照打。”

“我觉得嗣濮王挺好的，够痴情了，每夜捧你的场，却落得这样的结局，换作是谁，都会气不顺。可惜呀，他就是不会作诗，不会说漂亮话。”彩云一针见血地道。

睿姬俏面微红，嗔怪地道：“你对元公子有偏见。”

“他性格懦弱了些，虽然有几分身手，样貌也不错，但不像有大担当的样子。”彩云想了想说，“能配得上姐姐的男子，应是那种胸中有山河，豪气干云的真汉子！”

睿姬神往地想了想，旋即叹气：“我不该得陇望蜀，元公子待我一往情深，我不能负他。”

彩云惋惜地道："只怕你将来遇到理想的郎君，对方知道你和元公子这段缘分，不敢再表白心意！"

"傻丫头，一山望见一山高！"

"姐姐，你真想嫁与元公子吗？"

"他是我最好的归宿。"

一个知情识意的温柔男子，能与她终身相伴，还要乞求什么？顶天立地的伟男子？那样的英雄，不会看得上卑微的她。

换作以前，在故国时的她，曾想嫁一位风云人物，郎才女貌，配成一段佳话。可如今她一落千丈的身份，还有什么挑选的余地？保住自身清白就已不易。

元镇，会是她的良人。

睿姬反复地这样告诉自己。

次日，定鼎门大街上，清心茶坊。

睿姬头戴帷帽，在彩云的陪伴下悄然走入。元家的茶坊管事忙来相迎，被一阵香云环绕，魂灵出窍似的，直勾勾盯着睿姬看了半晌，彩云一声轻咳，他方觉失礼，红了脸道："这位娘子可是来买茶？今年的新茶尚未到，去年的还余下一些。"

"我来寻你家元公子。"

睿姬话一出口，听见的人顿时酥了，管事好半天才挪开步子，去寻元镇。元镇奔出院子，临到厅前又停步，徘徊不前。

彩云瞥见他的身影，掩口笑道："元公子送诗时大方得紧，怎么如今会难为情？"

睿姬掀开帷幕，盈盈望去，元镇如牵线木偶，痴痴向前，走过来握住她的手。

“你终于来了。”

彩云不悦地插嘴道：“应该是你来见我家娘子才是。”

“我只怕唐突了睿姬。”元镇连忙说道。

“不必多说。元公子去燕子楼多次，我从无半分青眼相待，公子依旧不离不弃，睿姬心中感激。”她款款说来，吐字生香。

元镇引她入了厢房，把彩云隔在外面。

象牙席，芙蓉毯，金丝帐，山水屏。元镇亲笔的诗画，看来那么熟悉。睿姬忐忑的心顿时平静，秋水明眸，望向元镇。

“我的来意，你应该明了。”睿姬咬唇，轻轻说道。这是她初次私会情郎，只求探明他真实的心意。

“我连功名也没有，你选我为首客，太委屈你。”元镇叹道，情不自禁握紧了她的手。

睿姬从发间，拔下一支青玉孔雀簪。

“郎君何必自谦？你我以诗为友，胜过媒妁之言。我以此簪定情，但愿两不相负。”睿姬顿了一顿，她想要的，不仅仅是“首客”。她抬眼端凝，元镇沉醉在缭绕的香云中，忘情地朝她一笑。

“睿姬，在我心中，你早已是我元家的人。”

睿姬心中情动，嫣然一笑。

一阵风起，吹动案上诗篇，纷纷飘如花落。

“你是我一生知己，我绝不会辜负。如有违背，五雷轰顶，不得好死。”元镇喃喃而语，睿姬捂住他的嘴，他就势一牵，她倚在他怀中。

脚边，诗篇里传唱的绵绵情意，在两人痴痴的拥吻中流淌。睿姬抛开世间纷扰，只觉这一刻有脚踏实地的快乐，他宽大的怀抱和温柔的亲吻，让自己快要融化了似的，一直以来，她如白云无根地飘荡，终于，被这暖暖清风席卷。

无论上冲云霄，还是下落凡尘，她有了一个归宿。

“我等这天，等了太久。”元镇在她耳畔低语。

睿姬抿嘴轻笑，这些日子，起码看清他是个有始有终的长情男子。两人拥在一处，说些彼此思念的情话，不知时日漫漫，岁月几何。

良久，方才分开。

“睿姬，你身怀的异香，可有什么来历？”元镇嗅着芝兰芳香，如饮清茗，从头顶舒坦到脚底。

“我娘爱服食香花，生下我后，莫名就有了异香。”睿姬微红着脸，拨弄他的发丝，男人终日混迹茶叶堆中，有股淡淡的清香，很是好闻。

“你爱吃花吗？我会做些茶点，像是鲜花饼之类，配合茶汤同吃，别有种滋味。”

“好啊。”睿姬欣喜说道，“你亲手做什么，我都爱吃。”

元镇拿出一碟添加了玫瑰的小饼，上面印了吉祥祝语，放在案上。

“我传你的茶道，你还记得吗？”元镇含笑问她。

“请郎君一观。”

睿姬松开手，袅袅走到一边茶桌上，洗手烹茶。她举止曼妙得宜，一袭淡紫罗衫翻覆中，很快卷雪千堆，烟霞四溢。元镇拿起竹筅在汤水里搅动，水脉中现出一个如意同心结的模样，睿姬伸手用竹筅撩动汤纹，写就一个“元”字。

两人两手相缠，在茶汤上互诉衷肠。

“睿姬，这茶道，只传元家人。”

睿姬羞红了脸，轻轻应了一声，拈起一枚鲜花饼，慢慢咀嚼。

个中芳华，滋润心田。

“你既入了茶坊，我会遣人回乡禀明父母。”元镇继续说道。

睿姬忧心忽起，世人重门户，元家虽是商贾人家，未必看得上她这等伎人。她眉间忧思稍动，元镇看出不对，细心询问，睿姬挑明了心事。

元镇朗声大笑：“你不必担心，元家重的是性情德行，不重地位名分，你是乐籍，我是商籍，正好门当户对。”他凝视睿姬无双的容颜，喃喃说道，“其实该自惭形秽的是我。你精通琴棋书画，想必生于大好人家，若非落难至此，我哪里配得上你？”

元镇的一席话，令睿姬容色清冷，回忆起许多的往事。

她曾经锦衣玉食，曾经万人之上，曾经是口含金匙的天家贵胄，天之骄女，可是一场战事让她成为俘虏，没入教坊成为一个寻常官伎。大唐和她的故国是敌对关系，在战端纷起的今时今日，她不敢稍露身份，生怕有心人追查她的来历。

元镇说得没错，如果她仍是尊贵的皇族，她会嫁入大唐宫中，至不济，她的夫君也会是一位王。可如今，元镇肯娶她，已是她最大的福分。

睿姬按下纷乱的念头，深情地望着元镇，前尘过往就这样去吧，这是她定情之日，不要用世俗的眼光，扰乱了相聚的甜蜜。

她走过去，主动按住他，眉眼妩媚如丝，清幽的茶香裹住两人。

袖如回雪，发似云泻。春风吹得锦帐乱，楼外池塘，不知何时已是烟雨潇潇。相思树上，终结出合欢枝来，栖鸾舞凤，一枕好梦不愿醒。

一生一世，就这样多好。

第十五章 祸兮福兮

狄仁杰赶赴洛阳，
之前遥在天边的武后与睿姬，
终于与他有了交集。
命中注定的相逢，
就像锋利的宝剑，
寻到般配的剑鞘。
只有武后才能驾驭这柄锋利的剑，
只有睿姬才能收纳
这桀骜不驯的剑光。

关闭坊门前，元镇送走了睿姬，三步一回头，缓缓走回茶坊。

街道上闪出一个精干的壮年男子，富贾华服装扮，随从一身绫罗，一副暴发户气象。那人朝元镇拱手笑道：“我乃东岛茶商，听闻元家雀舌名动京城，特来寻公子，谈一桩生意。”

元镇客气地还礼：“既是远道而来，且品一品我家的茶，再言商事。”

“元公子果然是风雅人，那就恭敬不如从命。”

元镇迎那人入内，坐定后缓缓煮水，随从好奇地凝视他示范茶道。那人望见炉火，眼中现出热切的光芒，元镇抬眼看去，分明有两团火焰在他双目中燃烧。

茶成，汤沫宛如堆雪，那人赞不绝口，用手在茶碗边抚摸良久。元镇笑道：“客官是个爱茶的人。”

“不错，公子可否让我来煮茶？”

“请。”

那人接过茶具，慢条斯理地调弄起来，动作有些生硬，却颇为讲究，显是学过。元镇守着礼节，并未出口纠正他不对的地方。那人抬眼看元镇，客气地道：“元公子是此道大家，我班门弄斧，见笑见笑。”

“不敢当。不知客官想谈的是什么生意？”

“来这里自然是买茶。”

“想买多少？”

那人微笑：“我愿出千金，求雀舌焙制之法，但求元公子割爱。”

元镇面色一冷，立即拒绝：“家传之法，概不出售。”

“元公子何必拘泥？生意人，只管在商言商。”

“皇贡之茶，不敢外传。”

那人脸色也冷了下来，“听说元公子为求妓女一笑，以元家茶道相授。对这焙制之法，又一味藏私，难道我等不如一个妓女？”

元镇语塞，按理，他的确不应私授睿姬茶道，但心之所系，哪顾得了许多？加上他一心为睿姬脱籍，只等清明后新茶上市，托人走太常寺和教坊的门路，从此与睿姬双宿双飞，把她当作自家人一般，就不管是否泄密。

“这是我家私事，与阁下无关。”元镇板着脸，有了送客之意，“买茶可以，其他免谈！”

那人的随从抽出腰刀恐吓，元镇无动于衷，那人皱眉，一字一句地道：“元公子不要后悔。”

“绝不后悔。”

那人目光中如有刺芒，虎狼之眼，令元镇心惊肉跳。他诡异地一笑，带了随从离开，元镇目送他们走远，急忙命管事紧闭大门，不得随意迎客。

如此过了十日，元家的清心茶坊歇业了两天，后又恢复营业，街坊并不觉有异。唯有睿姬不时请彩云送诗过去，却只得到一首绝句，诗意含混，略略提及身体有恙，就连一手行草也写得生涩。

睿姬牵挂在心，辗转反侧，次日急忙命彩云前去询问。彩云回来覆命时面有忧色。

“姐姐，元公子不在茶坊，听说是刚刚走的。”

“什么？”睿姬惊呼一声，险些碰落了茶盏。她扶稳杯盏，他说要与她一同品茗，要与她共度余生，为什么会不告而别？

彩云只是叹息：“茶坊管事霍义说，元公子往南冶游去了，他不知道去向。”

“清明将至，他是做贡茶的，要在清明前采茶焙制，运送京城。会不会是去催递新茶？”睿姬焦急地猜想，“不，难道是谁起了嫉恨之心，要报复他？有陇西王为我撑腰，他们不敢对付我，就朝他下手？”

“姐姐，你想太多。洛阳是东都，元公子又是做贡茶的，谁敢真的动他呢！要是宫中怪罪下来，谁能担当得起？”

睿姬心中稍定，很快又手足无措地问道：“那他为何不来找我？匆匆而别，难道他……”她想出诸多理由，不愿往深处多想。

彩云不安地望了望外头，揉搓着衣角道：“姐姐，嗣濮王和煐王就在外面厅堂，他们想见你。嗣濮王说，前日有所得罪，特意备了重礼来赔罪。煐王说久慕芳名，花魁之夜不在洛阳，特地从长安赶来相见，求你给他一个面子。”

“不见！”睿姬责怪地瞪着彩云，这个时节，她没有一丝陪笑寻欢的念头。

“姐姐，你耗死在元公子身上，有什么用？他只是个商人！纵然才高，也比不上姓李的这些亲王嗣王郡王位高权重……”彩云急急说道。

睿姬嘴角扯出一个笑容：“这世上最朝不保夕的，就是皇子皇孙！”她似乎想到什么，秀丽的面容蒙上一层阴霾。“彩云，我不想和宫中再有什么关系。”

“可是，他们从教坊拿了行牒，点明要你出去待客。”

睿姬玉面微寒，瞬间恢复了冷淡的神色，澹然说道：“我明白，既是官伎，我拒绝不了他们。献艺无妨，想要我侍奉枕席，要看我答应不答应。如今我是花魁，一举一动，全洛阳都看着！他们想硬来，就臭了名声，恶了礼法。”

她咬唇暗恨，花魁的名头成了她最后的稻草，她唯有以此来抵挡汹涌而至的命运狂潮。

元镇，元公子，你在何处？

你说你是我的良人。你要带我走。

可你如今身在何处，心在何处？

这天之后，睿姬在燕子楼传出话去，身为洛阳花魁，愿为洛阳民众祈福持斋，修身自好，卖艺不卖身。教坊官员无可奈何，诸王及权贵暗中咒骂，恨她不识抬举。

这其中嗣濮王李欣最为忿然，他前些日子大丢颜面，睿姬不给他任何转寰机会，传出去仍是难堪。两人就此结下大怨，李欣一心要给睿姬找不自在，甚至去寻元镇麻烦，幸好元镇离家，管事霍义极为玲珑，刻意巴结各宗室和朝臣，李欣一时不好动手，越发郁闷。

麟德二年三月，洛阳宫乾元殿落成，帝后同赴洛阳。二十三年后，皇帝李治过世，武后执政，推倒乾元殿建立明堂。那是太宗、高宗一直以来的心愿，最终在一个女人手上完成，而那时，已不再是李唐的天下。

或许，在看到乾元殿的那一刻，武后就已目睹她的盛世来临。

而她期待的良相，正在并州做赴京前的准备。

狄仁杰一边收尾法曹的各项职司，一边调阅大理寺的奏帖详读。并州都督府专门有人从两京发回朝廷的诏令和奏章，很多人一阅了之，而狄仁杰却想把它们全部背下。只有这样，他才能了解大理寺这些年的动向，与其他同僚拥有同样的经历。

除了背诵奏帖，狄仁杰更喜欢走街串巷，去倾听百姓们的对谈。阎立本传授的读唇术是基本关窍，各族语言不同，即使狄仁杰语言天赋极高，修习起来也颇费工夫。好在坊市里异族他国的商旅很多，他不断倾听练习，分辨词语吐字规律与音调高低。为了修习异国语言，狄仁杰特意请何怀道帮忙，找了几个高鼻白肤的异族人学话，有时一段话拆成数种语言，听得人云里雾里，他却自得其乐。

数月间，读唇术助狄仁杰预防七起盗窃，调解邻里纠纷十五起，解开了三对小夫妻的矛盾，救回两个被拐卖的男孩。天地间像是打开了无数的门户，供他窥探预测，剖析洞察，他拆解唇语的能力越来越娴熟。想到阎立本为他洗脱罪名，又不拘一格传以秘术，狄仁杰无比地感激。

为大唐选贤能，为天下平冤屈，阎立本的所作所为，在他心中刻下深深的烙印。

在狄仁杰完满履行法曹参军的职责时，以他为中心掀起了一场不大不小的风波。不少人家旁敲侧击地询问他的生辰八字，平时鲜于联络的州府同僚赶来结识他，散衙时偶尔会见到女儿家的香车，怪异地停在远处街道。狄仁杰隐隐察觉哪里不对。

一日，狄仁杰从北市擒贼回来，交完差事，长史蔺仁基特意传他过去。

“狄参军，你就要去洛阳赴任，这些日子，想起你所受的委屈，我很是汗颜。”

“长史言重，狄某虽遇波折，到底平安无事。就要离开并州，心下也是不舍。”狄仁杰连忙说道。为了被诬告入狱的事，州衙给了他不少安抚，他不想久久挂在嘴边。

蔺仁基堆起笑容，上下打量狄仁杰，看得他不好意思，方才呵呵笑道：“你早就可以成家，不知狄家长辈可有打算？”

狄家老宅在并州阳曲县，但狄仁杰之父狄知逊任蜀中夔州长史，与他两地为官，平时书信往来。对于狄家媳妇，父母虽有操心，仍要他自己做主。毕竟夔州与并州相隔逾两千里，一般人家不欲女儿远嫁，狄知逊要他就近寻觅门当户对的人家。狄仁杰在并州为官时日不长，一来尚无娶妻之念，二来未留心谁家有适龄女子，此事就耽搁了下来。

狄仁杰行礼道：“多谢长史挂怀，家严未有安排。”他心下狐疑，难道蔺长史是说亲来了？

蔺仁基笑道：“如此就好，李司马家有爱女三娘，年方十六，正合说与你为媒。”

“我不日要赴洛阳，李司马不怕她远嫁吗？”狄仁杰自命洒脱，碰上婚事却也尴尬，硬了头皮问道。

“不错，李家确实有此顾虑。但李司马爱才，他和我皆信你此去洛阳，将一飞冲天。”蔺仁基微笑，拍了拍他的肩膀，“要不是我女早已出嫁，我也想招你为婿。”

“大人过奖。在下谢过两位厚爱。”狄仁杰想了想，正色对蔺仁基说道，“洛阳一行，没有大人想象得这般容易。朝堂上政局多变，大理寺也是藏龙卧虎之地，狄某虽有阎工部举荐，但那里尽是皇亲国戚，动辄得咎，未必就是坦途。”

他点到即止，蔺仁基听出端倪，狄仁杰对洛阳的朝局不是很乐观。

蔺仁基联想起近年来武后尘嚣日上的气焰，想到大理寺是个微妙的官署，武后处置叛臣逆臣都会交由那里发落，心中不由得打了个突。一旦狄仁杰触怒武后，家人难免遭罪，即使看去一片风光的前程，也有隐忧埋伏。

蔺仁基想到这里沉吟起来，一时忘了与他回话。

狄仁杰确实不想牵扯太多情爱之事。他与李家三娘素未谋面，毫无根基，骤然间要他做出决定，实在勉强。何况在他心底，幻想过的佳人，不必容色倾城，却须温柔贤淑，知书达礼，明了世事。李家三娘养在深闺，掌上明珠般长大，休说风浪，只怕连挫折也没经历过。

洛阳等待他的，即使不是风刀霜剑，也不会是和风细雨。

他不仅是读书人，更是脚踏实地的干吏，明察秋毫的神探。他的心上人，须是一位贤内助，与他灵犀相通，志趣相投。

狄仁杰明白，这样的女子很难寻觅，他唯有谢过蔺仁基与李孝廉的好意。

“你顾虑得有理。”蔺仁基叹息，老实说，此事本就仓促，朝堂情势多变，一动不如一静。“我会替你分说，即便不成，我与李司马也想结这份情谊。并州是狄参军故里，可要时常回来看看。”

狄仁杰怅然应了。

他心有壮志欲高飞，可离开并州，确有一丝不舍。

蔺仁基的话，令他想到很多。能与他情投意合的女子，不知身在何处？洛阳人文荟萃，物杰地灵，或许，他真能在那里，邂逅理想中的佳人。

这场秘密谈话被蔺仁基原封不动转告李孝廉，李司马虽有爱才之意，对狄仁杰所言却深为赞同，思忖良久后放弃了前念。此事传出后，其他动了念头的人家纷纷偃旗息鼓，狄仁杰耳根清净下来。

狄仁杰，终于要踏出宦海生涯关键的一步，进入两京朝堂。临行前，他忽然忆起那个神秘的道士。如果对方所说无错，数次牢狱之灾，已应验了一回，其他的莫非要应在洛阳？

他笑了笑，身为法曹，又将去大理寺，牢狱于他亲如寓所，此生就算拘役在其中又何妨？祸兮福兮？但求无愧于心。

就这样，随着狄仁杰赶赴洛阳，之前遥在天边的武后与睿姬，终于与他有了交集。命中注定的相逢，就像锋利的宝剑，寻到般配的剑鞘。

只有武后才能驾驭这柄锋利的剑，只有睿姬才能收纳这桀骜不驯的剑光。

这是风云际会，势不可挡。

狄仁杰之神都龙王

第十六章 洛水龙王

明月高悬，
然而连绵的战帆遮云蔽日，
黑压压地铺满河面，
号角声此起彼伏，
猎猎红旗在风中飞舞。
腾腾杀气滔天而起，
截断洛水，
连飞鸟亦不敢掠过。

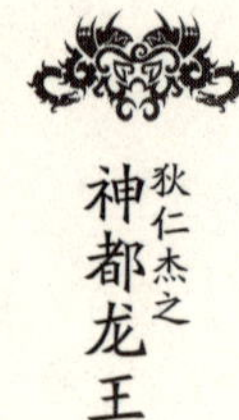

七月。

洛阳城中，忽起动荡。因百济被扶余国逆军围困都城，大唐皇帝与武后二圣欲遣神行水军十万义助抗敌，第一批数十艘巨舰齐聚洛水待发。

夜里，战鼓低沉，风帆高扬的船舰在洛水上迤逦前行，水军缓缓驰出港口。

明月高悬，然而连绵的战帆遮云蔽日，黑压压地铺满河面，号角声此起彼伏，猎猎红旗在风中飞舞。腾腾杀气滔天而起，截断洛水，连飞鸟亦不敢掠过。

洛阳水军主舰为长逾百尺的楼船，甲板上可以奔车走马，共设楼三层，女墙上开弩窗矛穴，四壁蒙皮革防护箭矢。护航舰用了轻捷快速的艨艟，用生牛皮蒙住战船，可以乘敌不备冲突敌船。斗舰与走舸上皆有女墙，安置勇毅精锐，作为冲锋战船可与敌舰短兵相接。各式战船横贯水面，甲板上一道道灯光宛如长虹，在洛水上炫目招摇而过。

右威卫将军、水军主帅刘仁愿踌躇满志地站在主舰上，他一回头，瞥见副将疑神疑鬼的脸色，不由得笑道："怕什么？千艘战舰从各地出发，只须北渡渤海，哪怕不和陆军会合，光靠我们压过去，也足以拿下扶余叛逆。此行是抢功劳去了！"

副将喏喏答道："临夜出兵，很是不妥，将军不如祭拜下鬼神？"

"胡言乱语！祭拜鬼神？鬼神真的有用，要主帅何用？岂不会乱我军心！"刘仁愿不满地摇头，刚想斥责副将，听见前方闹将起来，响起怪异的叫声。

一道黑影倏忽来去，在水上如轻烟飘拂，不时沉入水中，又在另一处掠起。桅杆上的哨兵竭力远眺，却看不清端倪。

左侧一艘斗舰猛然晃动，一个巨大黑影冲击甲板。波涛如啸，瞬间袭上甲板，不知哪里来的一阵巨力，偌大的船舰仿佛柔软的绸子，被当中撕成两半！

斗舰颓然下沉，数十个士兵尖叫落水，他船桅杆上的哨兵看见水中一个黑影铺天盖地，仿佛有两只楼船相连那么长，骇然间差点把持不住掉下来。

"敌袭！"

"水下有巨物！"

信号不断打出，副帅仓皇向刘仁愿禀告。就在他跑这几步的工夫，右侧的护航舰也莫名地被撞翻。一时波涛翻涌，混乱不堪。

"各舰列阵应战，稳住队列，不可惊慌。"刘仁愿皱眉，尚未出洛阳，哪里来的敌人？难道有扶余叛逆埋伏在东都中？

他心中惊涛骇浪，极目望去，两侧护航舰歪歪斜斜，一两个回合就被敌人冲击得七零八落，而对手究竟是谁，没人能说得明白。他的冷汗流了下来，船坞离皇城不远，万一有所骚扰，他这个主帅怕要出师未捷身先死。

黑影如茫茫的夜色，遮天而来，刘仁愿看不见怪物，心头却有不祥的预感。果然，一念未了，他的身子蓦地一摇，一阵大力袭向主舰，差点把他整个人抛出甲板。

刘仁愿急忙拉住缆绳，慌乱间朝水面上瞥了一眼，整个舰队像被飓风大浪侵袭过，触目都是断木残骸。落水的士兵穿了沉重的甲衣，在水上艰难求存。

对方究竟来了多少人，大唐水军竟不堪一合之敌?

此时，主舰仿佛被看不见的纤绳拉动，船身歪倒，直直地往水中坠去。四周船舰一齐惊呼，不断地朝幽深的水下放箭，却无法阻止船上所有人向水里滑落。

刘仁愿皱着一张苦脸落入水里。几十名士兵跳下水营救。

无数火光亮起，耀目的光芒照见一团模糊的黑影。像是被亮光惊吓到，那团黑影绕着主舰转了一圈，并没有扑向落水的众人。救人的士兵们松了口气，抓起刘仁愿和副帅等人，正想上船，一个大浪迎面浇下。

腥臭的黑色液体，沾满众人全身。

不待众人喘息，接连几重浪翻涌而至，刘仁愿口舌里满是臭哄哄的汁水，像是嚼了一嘴墨汁，苦不堪言，身上甲衣沾水后更是重如铅块。他大骂一句，一旁同样狼狈的副将腹诽地想:“分明是惊扰了龙王，谁让你不肯拜祭鬼神。”

不断有船被击散后沉下，一声声尖叫声中，黑影袭向落水的士兵。刘仁愿吓得拼命朝护航舰方向游去，无数箭矢在他身后掩护。有两个士兵被怪物一扑，没了踪迹，旁观的同僚正待愤慨，又见黑影一闪，那怪物把两人吐了出来。

莫名其妙走了一趟死人关的两个士兵悲喜交加，劫后余生尚来不及欢喜，忽然发现甲衣多处破碎，手臂也难以动弹。两人只在水面上露了个面，就又沉了下去，便有五六个胆子大的士兵游过去营救。

船上的人看得分明，忙高声叫道："怪物咬不动铁甲！"

被救援上船的几个士兵，正想脱去甲衣，闻言默默穿了回去。

各处船舰一圈圈围成铁桶，鼓声咚咚擂响，水中但有黑影，就有上百只箭射入。可惜怪物气力太大，每每轻松地撞开围堵的船舰，逍遥在洛水里游来荡去。

刘仁愿急了，顾不得洗刷身体，穿了厚重的甲衣在护航舰上指挥围剿。一串串灯笼亮起来，士兵们甚至把着了火的纱灯丢下河，却始终没看清怪物的模样。

那怪物如鬼神的影子，倏忽东西，骤突南北，坚固的船阵到它面前不经一撞，很快就像被拆散的玩具。刘仁愿不得不命人做了火油箭，猎猎燃烧的箭矢，激起了怪物的凶悍，发了疯地冲撞过来。于是一半火油箭射空在水中，另一半又把几艘船舰给点着了。

刘仁愿无计可施，他最大的劣势就是作战时机，夜行军本就有弱点，而茫茫洛水更是怪物擅长的战场，他的将士尚未直接对敌，就已船毁人伤，困住了手脚。

好在击鼓声似乎对怪物有骚扰，哪艘船舰鼓声洪亮，损失就略少些。到最后数十只船舰一齐击鼓，惊天动地，直把洛阳的城墙也敲破似的，许多人从梦中惊醒，以为天亮了晓鼓响起，可以开启坊门。

最后，刘仁愿调集了十只铜皮铁骨的厚甲船在前开路，随后的船舰上，震天价的锣鼓声响彻洛水，像是要炸出一条出路。这样一寸寸驱赶，终于让怪物朝了远离城市的水域游去。

如此闹腾到后半夜，怪物悄无声息地退去，不知是累了还是饿了。刘仁愿清点水军损失，有三十六艘船舰损毁，不能再随大军出征。他羞怒交加，不得不封锁河道，连夜在家上表谢罪。

次日朝堂上，武后听说水军受损严重留在洛阳，雷霆震怒。她夜间听到鼓声，就知道出了事，可是刘仁愿如此无能，不觉颜面大损。

“可笑！连对方是谁也没见到！竟有脸回来？这样的水军，别说打扶余，能不能出海都未可知！”武后从悬垂的帘幕后走了出来，瞥了皇帝一眼。他一夜没有睡好，此时正精神不济，连连打着哈欠。

刘仁愿一脸晦气地跪在地上，昨夜受此惊吓摧折，染了风寒，一边流着鼻涕，一边听武后训斥。他不想承认有鬼神，可的确没抓到半个敌人，一肚子冤屈无处可诉。

群臣冷眼目睹武后从幕后走到台前，彼此相对而视。帝国最尊贵的女人，已经多次站到殿堂上，与他们分庭抗礼。

此时，太子司议郎郝处俊出列，启奏道：“《易传》有言，‘知进退存亡而不失其正者，其唯圣人乎！’洛水生变，龙王示警，臣恳请暂缓出兵，顺应天意。”

武后蹙眉，郝处俊最喜欢引经据典，用经义逢迎皇帝，看似翩翩有儒臣风范，却最为她所不喜。这人不能再留在太子身边，武后瞬间想好了调令。

她凤眸一瞥，示意大理寺卿尉迟真金，后者急忙走出来，进言道：“此案古怪异常，臣恳请陛下容大理寺彻查，以定民心！龙王也好，敌兵也罢，总要水落石出才可安心。”

皇帝微一沉吟，武后淡淡接过话头：“皇城紧临洛水，若是惊扰了圣上，岂不是罪过？”

皇帝一听，便道：“好，准你所言，大理寺全权查案。”

武后又道："水军自大唐各地先后出兵，若是洛阳水军龟缩在码头，误了军机，又该如何？我大唐不能为此小事，乱了大谋。"

"不错。刘仁愿，朕命你戴罪立功，速速整理军务，再度出征。这一次，只许进，不许退！"皇帝疲惫的眼中，突然绽出了光芒。

皇帝对出征始终有执念，在这件事上全力支持武后，落在群臣眼里，颇有妇唱夫随的意味。

朝会上斗了一场，散朝时，武后又命尉迟真金留下。年老的大臣们看着这位新贵斗志高昂，不由叹息摇头，在这种人的眼中，无论什么事件，都是案件，只求不要招惹他就好。

朝堂上的动荡，很快传到民间。昨夜那一场闹腾，顷刻间流传出很多故事，最常见的解释，就是龙王显灵。

神都龙王的出现，令洛阳全城谣言纷纷，人心浮动。水军主舰遭水中巨物袭击，护航舰遇难，主帅落水——如此鬼神莫测的奇事，稍加渲染，就煞有介事，人人信以为真。满城百姓深怀忧思，唯恐龙王降祸，危害民生。

酒馆食肆中，客人们口沫横飞地比划龙王的威严体态，有说是扶余国搬来的救兵，有说征战不祥故而上天警示，也有说水军们花了眼，分明是疏于行军彼此相撞。大姑娘小媳妇再不敢去水边，做生意的渡船锐减一大半，各处码头上的货物瞬间被人搬运一空。

于是百姓们不顾夏日炎炎，用香枝编扎了一条长长的火龙，沿了洛水舞动，祈求龙王的原谅。成千上万的民众跟在后面，观看舞龙者吟唱舞蹈，一个个点燃手中祭奠龙王的祭品，虔诚地拜伏祭祀。

传言拜祭龙王，需要三天三夜，方能熄灭龙王的雷霆之怒。百姓半是惶恐，半是新奇，彼此分享关于龙王的种种异闻，追随火龙巡视洛水，感受全城拜祭的轰动。这时官府已无法阻止民众的信仰，只能派出街使维持各坊市间的秩序。

谁也没想到，一个美丽纤弱的女子，将会成为这场闹剧的关键。

狄仁杰之

神都龙王

第十七章 花魁献祭

睿姬似乎早已看透
这场纠葛背后的阴谋，
坦然中渗出悲哀之色。
失去了情郎，
没有了爱情的浇灌，
睿姬就像一朵移植异地的花朵，
生机逐渐抽离。
没有奇迹发生的话，
她即将凋谢。

就在满城风雨的时节，洛阳东城的太常寺中迎来一位不速之客。李欣突然登门造访，太常寺少卿因有选花魁的前事，特地相迎。

“银睿姬不识抬举，我要她祭奠龙王！”李欣一见面就抛出这句话。

太常寺少卿吃了一惊：“此事未有先例，与礼不合。”

“怎么？难道做不到？”李欣不满地盯着他。

“殿下何必为一个伎人烦忧，吩咐下来就是了。”太常寺少卿堆起笑容，又为难地皱眉，“让她做祭品，不是不可以，有花魁名头足矣。只怕她早已失身，说出去名头不好听……”

李欣听到“失身”两字，眼中嫉恨欲狂，却仍故作轻松：“你对外就说，花魁守身如玉——她不是宣称卖艺不卖身吗？”

太常寺少卿一愣，旋即点头：“好，待我禀明寺卿大人，再给殿下一个答复。”他朝李欣行了一礼，去见太常寺卿。没多久，得授机宜后满意而归。

太常寺卿得知此事，隐约透露出的意思令少卿心惊。值此非常之际，武后一飞冲天，乃至插手出兵之事，朝中元老正想贬抑女子弄权。李欣推出银睿姬来，很合众人之意，让一个朝秦暮楚的官伎去献祭龙王，正好压一压武后的气焰。

太常寺少卿洞悉背后的纠葛，乐得顺水推舟。即使传扬出去，仅是李欣与银睿姬的私怨。就算与礼不合，找出理由煽动百姓的意愿，就能办成此事。何况如有丑闻爆出，更可推到武后身上，一举两得。

“我便按龟卜之仪，点中银睿姬，让她去龙王庙持戒三年。”

“好。我领情了，他日必然有报。”

李欣浮起阴鸷的笑，她不愿往高处走，就等着零落成泥，辗转在红尘中吧！三年的女冠生涯，足以消磨她的傲气，到时，谁想踩捏都是易事。既然他得不到，她就别想有好日子！

元镇？谁也别想护着她！

两人在一言一语中定下睿姬的命运。

次日，太常寺一纸令下，选中燕子楼银睿姬入龙王庙持戒祈福，以消龙王之怒。消息顿时在洛阳城中激荡，昔日艳羡睿姬夺了花魁的官伎，无不庆幸没那个名头，欲染指睿姬不得的权贵们，则啧啧可惜红颜薄命。但想到睿姬身着道袍的俏模样，很多人心思活络，一心等着明日跟随火龙前去观礼。

燕子楼里，睿姬如遭雷击，许久，勉强一笑。她得罪的男人太多，既入红尘，又想不沾俗世污秽，哪里有那么多的好事呢？

元镇，我的郎君，你几时能归来？

“彩云，等我想想法子，寻个好人家把你嫁了，我就再无后顾之忧。”她低低叹气。

“什么时候了，姐姐你还想着我……”彩云哽咽，恨恨地道，“元公子偏又不在，你连个商量的人也没有！”

“这世上，从来没有什么英雄。”睿姬漠然说道，心哀若死。她不愿相信元镇是负心郎，可是在最后关头，他不在她身边。

“姐姐，去求陇西王吧！”彩云心急地说，这时抓住什么都是救命稻草。

“满城注目，命不可改。”睿姬叹息，她太清楚这里面的勾结。龙王阻碍大军东行，陇西王绝不会冲上去做靶子。说到底，她不是长袖善舞懂得周旋的女子，不想以色事人，就无人肯帮她出力。

“你就真的入道观做女冠？”彩云心疼地问。

“总比留在燕子楼，任人采摘强。”睿姬想起元镇，一阵黯然。他不在，她没了与权贵们虚与委蛇的动力，不如隐匿在道观中修行。

“姐姐，三年啊……到时韶华已逝，元公子只怕另娶他人。”彩云从不看好欢场男人的痴情，“要我看，他会不会收了哪家的钱，要把你让出去？”

“不要这样诋毁元公子。彩云，我要吃三年的素斋呢，会变瘦的吧。”睿姬眨眨眼，打趣地说，尽可能平复心情。彩云毫无取笑的心思，越发痛恨起元镇。

洛水惊变，远征扶余，这种国家大事，与一个小女子有什么相干？把银睿姬推出去祭神，明眼人一看就知其中猫腻。可是，她们无处申诉，没人会替睿姬说话。原本元镇若在，凭他的人脉和财力，多少能找到门路求情，如今撇下睿姬这个弱女子，上天无门，唯有等死的份。

如果睿姬持戒后，龙王依然不肯消停呢？

会不会把她投入洛水中，直接祭奠龙王？

彩云悚然而立，不敢再多想，颤颤地望着睿姬，后者洞悉的目光，似乎早已看透这场纠葛背后的阴谋，坦然中渗出悲哀之色。

失去了情郎，没有了爱情的浇灌，睿姬就像一朵移植异地的花朵，生机逐渐抽离。

没有奇迹发生的话，她即将凋谢成泥。

一日后。

洛阳全城空巷，追逐花魁献祭的仪仗。在喧哗鼓噪的笙歌中，银睿姬背弹琵琶，神情凄艳。无数百姓穿梭过往，仰头瞻望国色天香的花魁，如数不清的海草，缠住一尾美丽的鱼。

睿姬心下难过，却要强颜欢笑，默默用琵琶曲音，挥洒不尽的愁意。

她已经等不来她的良人，她的英雄。命运开了个玩笑，让她恍惚地以为，她是幸运的，以为在漆黑的长夜，顺了那熠熠灯光找寻过去，会有她想要的幸福。可是她错了，美梦越是完满，越是跌得粉身碎骨。

她是被摘起的鲜花，表面上花色鲜妍，美色犹存，骨子里，热血已经干涸。

睿姬冷冷地瞥向远方，洛水之上，一艘艘停泊的战船旗帜飞扬。大唐已经没有男人了吗？一个所谓的龙王，就让这些将士瑟缩在船坞内！十万雄兵斗不过龙王，徒让她一个女儿家挺身献祭！

她悲哀地想，男人，真是靠不住啊！事到临头，把她推向深渊，自欺欺人地以为这就是结束。

不，如果真有龙王，她期冀它能够收拾这些懦弱的人。

皇城外，战船坞口。

尉迟真金跟随武后视察军情，水军已恢复士气，物资正源源不断运送到新船上。河面上数十只船舶小心翼翼地巡逻，出事水域的沉船尚未打捞，只待大理寺过去勘查。

武后心不在此，她遥遥凝视对岸追逐睿姬的人群，全城沸腾，成千上万的百姓仿佛在狂欢庆祝，有着新年时的热闹。众星捧月的焦点睿姬，这般年轻，这般容色，洛阳倾城而动，只为她一人。

武后不禁涌上一丝淡淡的妒意。论身份，皇后与官伎天差地别，根本无需与睿姬比较。可是同为女人，武后忍不住要嫉恨，她无法胜过岁月的摧折，睿姬拥有的青春年华，是她深为渴望的。

她在睿姬这个年纪，承欢于太宗身前，如花美艳。武后神思恍惚，那时的自己，若是坐了肩舆巡游，也会如睿姬这般，被世人争睹美色吧。她嘴角扯出一声轻笑，很快从回忆中挣脱开来。

一个妓女，弄得满城风雨，实在太过！

“如此荒唐，大理寺不管管吗？”

随侍在旁的尉迟真金不卑不亢地道：“回皇后，大理寺主掌缉凶查案，整饬风俗不在微臣管辖之内。”

武后一想，她是气糊涂了，收回了目光。

“好，你既然擅长查案，洛水龙王的案子，要几天才能查明真相？”

尉迟真金语塞，突然说不出话。以水军之精锐，尚看不出所谓龙王的底细，如今线索渺茫，他该去哪里查？唯有反复搜索船难地点。可是他又不甘认输，他自信能查出幕后真凶，只是时间早晚而已。

“我替你定了吧，十天，十天内查出真相，否则提头来见。”武后语速极快地敲定了他的生死。

她的嫉恨与怀念，她一时的混乱心绪，被这道残酷的命令掩盖。尉迟真金来不及推敲武后的想法，震惊中应声领命，双手不自觉地颤抖。傲气如他，不想在人前输了气势，俊秀的脸上神色依旧清冷。

武后遥望对岸的人群。

“想用一个烟花女子给我下马威？哼，我们走着瞧。”她心中默念，一双凤目眯了起来。心细如她，自然能看出太常寺选官伎献祭的背后，隐藏着的不可告人的用心。就算发作不得，武后也不想让反对她的朝臣们好过。

可惜朝堂上，她能依靠的助力太少。每当此时，武后最遗憾的，仍是无人可用，名将良臣都是李唐的忠犬，无法为武氏所用。朝臣的忠诚只对李家一个姓氏，更何况她是一名妇人，愚忠和偏见令她诸多受限，无法尽展所长。

像尉迟真金这样有才干又年轻的臣子，太少了。

武后重重地叹了一口气。

奈何，奈何。

狄仁杰之

神都龙王

第十八章 命中注定的相逢

狄仁杰遥望眘姬消失的方向，
他们还会再相见，
伴随着神都龙王的底细
一点点被揭开，
他会了解她的过去，
抵达她的内心。
这是说不清道不明的缘分，
他再不能忘记她的凝眸。

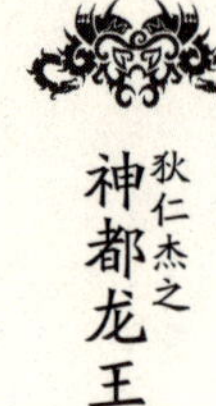

尉迟真金心事重重地从船坞告退，领了邝照、周迁、薄千张等大理寺官员穿越街道，匆匆驰骋而过。不想，拜祭的仪仗正行至前方，观礼的人群很快堵塞了道路。

一匹瘦马，驮了狄仁杰入城，汹涌的人潮推挤着身不由己的他，来到了这条街上。他像淹没在河流里的一滴水珠，悄然旁观着神都的喧嚣。

周迁拿出腰牌，高喝开路，尉迟真金见势不妙，忙吩咐邝照去水师署调船，前去洛水搜查。远处的狄仁杰正巧看到他们说话，读唇术不自觉地解读了其中含义。

"皇后亲临军坞……"

"你先赶去水师署，召用铁壳快船五艘……"

狄仁杰想起入城时听到神都龙王的传言，微一思忖，猜出这几人来自大理寺，从下属的神情和官称看，竟是大理寺卿亲自查案。想到这是他日后的上司和同僚，狄仁杰不觉多看了几眼。

尉迟真金甚是警觉，发觉有人目光注视，立即瞥向狄仁杰。

这时，邝照领命，急急拉马转身，不想惊动了狄仁杰的马，踩踏在旁边的木板车上，眼看整车重物就要向一个老妇压下。狄仁杰与尉迟真金同时出手，身如电闪，迅疾地扶住货物与老妇。

电光石火间，两人互为对方身手惊异。尉迟真金顺手一扯，货物砸向另一辆车，狄仁杰一个不稳失去平衡，这时，睿姬的仪仗已到跟前，锦绣繁华的洛阳，仿佛都跟随她而来。

狄仁杰抬头一看，一抹亮色撞进他心底。

青黛画蛾眉，粉色透薄妆。虽有胡纱遮挡住睿姬的面容，但她星眸婉转，直入人心。铿锵的弦音就在此时停下，睿姬素手收起琵琶，姿态曼妙，宛若天人。四下围观的百姓如狂似癫，喧哗吵闹的声音漫过来，睿姬安详高坐，与周围形成极大反差。

趴在车板上的狄仁杰身形狼狈，他从来举止潇洒，被尉迟真金摆了一道，对这位大理寺卿的脾气有所警觉。只是此刻，完全顾不上埋怨，他怔怔凝视睿姬绝色的芳容，遥遥透来的轻微异香，令狄仁杰沉醉中忘却了其他。

睿姬好奇地望他一眼。

她这一路神魂不守地想着心事，眼看持戒三年已成定论，元镇杳无音信，她渴望能救她于水火的英雄，没有出现……

她没有想到的是，随意中的惊鸿一瞥，看见的是此生最难忘记的人。很多年以后，她回想起这一幕，无限唏嘘与惋惜，然而此情此景，再也不会重来。

双目相对，狄仁杰顿时被照亮，璀璨眸光如星辉耀入，令他喜悦仰慕。

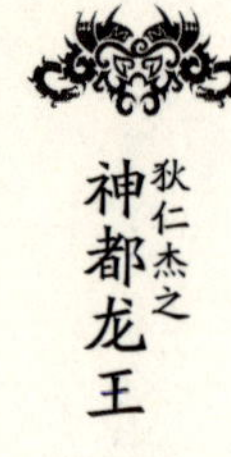

无可挑剔的温柔体态，是他梦中佳人的模样，更难得出污泥却不染，天真中历世情，他看出她内心的矛盾挣扎。

她的双眸含嗔带怨，狄仁杰不由得为之牵动。她为何会有哀怨？不想在庙中枯守三年？还是此去别了有情众生？

他已然心动。

这一瞥，道尽睿姬的前世今生。

狄仁杰待要再看，睿姬已移目看向尉迟真金，大理寺卿失色地凝视她，深为惊艳。此时人群疯狂推搡，狄仁杰发现自己的瘦马被挤到远处，不舍地望了望睿姬，提步追赶马匹。

尉迟真金久久不能收回目光，叹息自语：“天下竟有此美人！半遮脸面，已是绝色。可惜要去持戒……”想到自己十天无法破案，命运比她更惨，一阵悲凉。

周迁咳嗽一声：“大人？”

“提醒邝照，依船难生还者的名单，逐一清查。”他很快恢复了严肃。

尉迟真金低声说完，又警惕地环视四周。狄仁杰急忙移转目光，能够令大理寺卿俯首帖耳听命，他感到皇后在朝堂中的威势，比他在并州想得更为煊赫。如此强势的武后，插手对外之战，难免激起朝野反抗。

一瞬间，他对洛阳的局势，有了鲜明直观的认知。

狄仁杰走到一边的小巷，远处有六个鹰鼻深目的道士，翻墙而来。他微微一怔，又有一个异族汉子，从清心茶坊的阁楼上跳下，那六人立即围上去。那人镇定自若地指挥众人，助他换上道袍。

狄仁杰看出异常，停下脚步，留神辨析他们的唇语。

“煐王要这个女人！”

“我们从周家宅，穿过西街，绕过公主宅，从叶子巷过去……”

“拿不下她，谁也别想回去！”

“我拓跋裂只许成功，不许失败。”

窄巷相逢，对面七人发现了狄仁杰，有四人扣住衣袖中的武器，凶悍的目光透出杀气。

为首那个叫拓跋裂的男子嘴唇轻动，狄仁杰读出他低语的内容：“别节外生枝，专心抓那女的！”他心中一紧，不期然想到了睿姬。

煐王的目标，会是那位花魁吗？还是这七人所图，另有他人？

狄仁杰犹豫地看了看天色，辰光不早，今日必须去大理寺报到。他迟疑间，与七人错身而过，以狄仁杰丰富的阅历，清晰地看出，这七人背负的命案不会少。只是初来乍到，他们又为煐王办事，他略有些顾虑。

他叹了口气，沿了定鼎门大街，过天津桥，在端门前转道东城，前往大理寺。

大理寺中，值日官程安正生着闷气。尉迟真金领了同僚们外出查案，听说还去军坞面见皇后，这等好事轮不到他。而洛阳花魁巡游全城，拜祭龙王的盛事，他也无缘得见。

这时狄仁杰找上门，程安岂有好脸色？他冷冷地抛下一句话：“你出任七品寺丞，拜礼至少得五两银。”

狄仁杰没有心思理会刁难，他脑海始终闪现那七人的身影，心神不宁。

墙面上挂了一幅洛阳城的舆图，看到尚善坊、积善坊、旌善坊这些地名，刚才那些异族人的对话，再度显现在狄仁杰的脑海。他蓦然醒悟到，那些人与睿姬殊途同归，去的正是龙王庙。

想到她会有危险，他的心突然抽紧，一把抓起程安放在桌案上的莲花银徽，飞也似的出了大理寺。程安目瞪口呆，等反应过来，狄仁杰拉过马厩里的一匹快马，奔驰而去。程安破口大骂，领了大理寺的狱官们随后驰

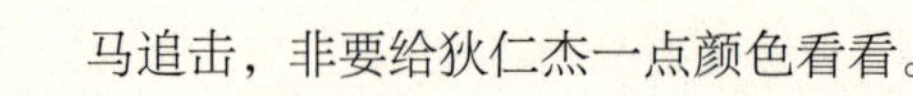

马追击，非要给狄仁杰一点颜色看看。

狄仁杰以最快的速度冲向龙王庙。他心焦如焚，想到那七人凶恶的神态，暗自后悔先前没有出手。冲过天津桥，观礼的人群正从龙王庙附近散去，他举起手中徽章，高呼道：“大理寺办案，闲杂人等退避。”

尉迟真金等人仍在洛水附近徘徊，认出狄仁杰的身份。周迁不由得奇怪：“那小子怎有咱的徽记？”尉迟真金皱眉，示意众人跟过去，看他闹的是哪一出。

龙王庙中，睿姬已被假道士劫持，拓跋裂肩上扛了睿姬往外走。他魂不守舍，几次贪婪地望向睿姬的冰肌玉肤，沉浸在她周身的异香里。这香气比他释放的迷香更惑人，他开始明白煐王为什么渴望这个女人。

率先冲入龙王庙的狄仁杰发现先前看到的假道士果然在场，睿姬昏迷不醒地被对方扣在手中，立即高喝道：“放下她！”

四周弥散着奇异的迷香，狄仁杰连忙马上护住口鼻，随手擎起一个烛台砸去。拓跋裂领了两人和他混战起来，他神力无匹，虎虎生威地砸拳过来，气力如有千钧。狄仁杰勉强招架，每一次与拓跋裂挡格，手臂如遭重击，不由得心念急转，想要以巧力取胜。

另两名异族左右围攻狄仁杰，他没有兵器，腾挪间不免吃力，利用庙里的陈设地形周旋。他身形电转，如清风在三人之中游荡，除了应对拓跋裂比较吃力，一时倒也支撑得住。

他与劫匪相斗正酣，尉迟真金等人追到外面，正与程安带领的手下会合，众人发觉龙王庙里的异象，所有的道士都被迷倒，急忙进来巡察。

中庭漫天悬垂的风铃，如瀑布如长索，随了众人的打斗叮咚作响。狄仁杰灵机一动，用力扯下一条风铃长链，用锁链缠住拓跋裂。

拓跋裂吃惊之下，猛一用力，不料反而缠得更紧。此时他手下另外四人赶到，对狄仁杰发起围攻，拓跋裂伺机从风铃中脱身。

一片混乱之际，庭中的听雨池突然泛起刺目的水花，一头长满鳞片的怪物破水而出，矫捷地窜上岸来。它连咬带打，狂攻拓跋裂夺取睿姬。狄仁杰微一愣神，拓跋裂已不慎被它咬下脸上一块血肉，大痛之下丢开睿姬。怪物灵巧地背起她，跳入听雨池中。

听雨池中，荷花浮香绕岸，碧盘满塘。怪物与睿姬在花影中一闪而没，很快没了踪影。

一个昏沉沉的受伤道士睁开眼来，目睹这一幕，大叫道："龙王！龙王显灵！"神色恐惧之极。狄仁杰神色犹疑，想到一路走来的种种传闻，蹙眉深思。他很快抛开顾虑，对准怪物消失的水面，咬牙跳了下去。

狄仁杰天不怕地不怕，唯独惧水，下水就有沉溺无助的感觉。池水没顶，他强自挣扎，一脚蹬到池底，竟站了起来，水深仅过肩部。狄仁杰顿时心安，抓住荷叶往前寻找。四下悄寂看不出究竟，无奈之下，他只能捏了鼻子没入水中。

怪物抱了睿姬潜入水中，她被水压一激，苏醒过来，惊慌地发现那怪物凑嘴过来，竟想与她亲吻。她拼命挣扎，没想到无法呼吸，呛进几口水去。那怪物越发着急，想吻住她的嘴。睿姬突然醒悟，它或许想渡气让她保命，可那张布满鳞片的脸面，委实难以接受。狄仁杰在水下看见，连忙揪起荷花根茎，把那怪物手足缠住。怪物竭力摆脱，狄仁杰一拉睿姬，任由她惊慌地攀上自己的身躯，两人向了岸边游去。

阵阵莲香，掩不住睿姬撩人的馨香之气，他几乎怀疑，她是花神化身，随时会翩然归去。

尉迟真金带领属下鱼贯进入龙王庙，与拓跋裂等七人斗在一起，他出手极为狠辣，刀光闪烁间，一照面就卸下拓跋裂的左手。惨叫声中，拓跋

裂自知大势已去，痛苦地抛出迷香，在烟雾环绕中遁逃而走。

狄仁杰抱了睿姬爬上岸边，怀中温香软玉无从消受，他眼望佳人，涌出无数纷杂的念头。

到底那怪物是什么东西？为何要劫持睿姬？煐王在其中是何角色？大理寺主要审理犯徒刑以上罪的京官，武后命大理寺查案，剑指何方？龙王庙的案件与洛水龙王有无关联？

此时，佳人在怀，狄仁杰却没有旖旎的心思，反而为风雨欲来的朝局不安。这背后可能牵连甚广，真相出人意料。

昏迷中的睿姬依旧如莲出水，凌波吐艳。狄仁杰怜惜地拨开她的发丝，看到无瑕的一张脸。轻阖上的秀丽睫毛，衬出她楚楚动人的风情，而沾水后玲珑起伏的曲线，更令人窒息。他忽然大口呼吸，把视线转回听雨池中。

荷花开得正好，菡萏卷舒，香露流转。莲蕊参差映着一抹红色，就像睿姬素淡的妆容，清丽中别有诱人的妖媚。

这时，怪物忽然再度出水，大理寺众人初次目睹这等古怪妖物，吃了一惊。狄仁杰以身护住睿姬，怪物悲鸣一声，迟疑地看着他俩。尉迟真金冷哼一声，直直飞出三把旋风短刀，逼向怪物命门。

怪物倏地落水，敏捷地游走在水中，短刀击到空处，削出一片水花，又重重击打在岸边石头上。怪物伺机逃遁而去，黑影荡出涟漪，消失在听雨池里。

尉迟真金赶到岸边，望了怪物消失的方向，继而回过头来，夺了狄仁杰的官徽，冷冷地命人把他扣押起来。狄仁杰坦然受缚，对他笑道：“怪物必会再次上门，看好花魁最为紧要！”

尉迟真金无视于他，目光停留在睿姬身上，看了良久方派遣手下送她回燕子楼。随后脸色阴沉地对狄仁杰道：“你非官非职，管好自己吧！”

睿姬一缕香风，渐渐远去，她的身影却无法从狄仁杰的心上消失。他定了定神，微笑道："在下狄仁杰，由工部尚书阎大人荐入大理寺当差。皇后命大人限期破案，我今日已报到，可助大人一臂之力。"

"你偷了官徽，抢了官马，又在此地对花魁不轨，视同本案嫌犯，大刑问供！"尉迟真金冷冷抛下一句话，要手下把狄仁杰带回大理寺。他走到半途，突然一惊，回首望了狄仁杰的背影，眯起了眼睛。

这小子怎知皇后要他限期破案？

狄仁杰并不争辩，安然地跟随薄千张往外走。以这种方式回到大理寺，在他意料之外，然而他心头一片宁静，嘴角勾起淡淡的笑容。

洛阳花魁，神都龙王，大理寺卿，甚至远在深宫的大唐武后。

无形中，狄仁杰感应到他们之间有着千丝万缕的萦系，而他将破开这一切谜团，查清事情的真相。再一次的牢狱之灾，困不住他骄傲的灵魂，相反，燃起他年轻的热血。

他知道，属于自己的新天地，已经打开大门。洛阳，大理寺，势必成为他的战场，待他扬鞭驰骋，创下战功！

他遥望睿姬消失的方向，他们还会再相见，伴随着神都龙王的底细一点点被揭开，他会了解她的过去，抵达她的内心。这是说不清道不明的缘分，他再不能忘记她的凝眸。

越过龙王庙重重屋檐，他的目光掠过洛水，看向远处庄严的宫殿。高墙之内，强势的武后正在磨砺她的爪牙，他明白终将闯过那一关，让朝堂上下，看到他的才干。

这一天，即将到来。

心机深沉的大唐武皇后。

外柔内刚的花魁银睿姬。

倜傥不羁的神探狄仁杰。

神都龙王的现身，如搅动洛水的神秘力量，三个看似完全不相干的人，被命运的漩涡推动到了一起。这三人，将成为影响大唐的砝码，他们彼此的相逢，就像在命运的天平上添加重量。

水到渠成。

权势、美色、智慧，在碰撞时耀出夺目的光芒。狄仁杰不会预料到，他毕生将与宫墙内的那个女人博弈，而那位不期而至的佳人，偏有着太多的过去。最终，缘深缘浅，浮浮沉沉，命运大潮无情地摆布，即使是神探也无法改变。

他不会忘记那个日子，在洛阳，定鼎门大街。

相逢一视，胜却无数流年。

从这天起，狄仁杰在大唐历史上的奇妙传奇，正式揭开了帷幕。

一切，才刚刚开始！

狄仁杰之神都龙王

主创访谈

徐克

赵又廷

冯绍峰

林更新

Angelababy

「徐克」

《狄仁杰前传》为何选择唐朝这样一个盛世？

徐克：其实我跟唐朝没有什么特别的因素啦，没有说特别喜欢或不喜欢。我觉得中国每个朝代都有很特别的、有趣的地方，特别是宋朝，南宋跟明朝，它们有很多很特别的地方。唐朝有一个吸引我的地方是因为它是一个很开放的社会，而当时的文风很强，就等于我们现在看到的是诗人特别多，写的诗都是流传这么多年，我相信那是一个相当浪漫的年代。经过唐代之后，我觉得中国人就开始在各方面……比如礼教或者是一些社会的风气都是比较拘谨，而且变成越来越拘谨，收到一个程度，到现在觉得中国人就比较放在里面都不会去表现出来。

可是从唐朝的一些文献来讲，我们看到一些关于唐朝资料，我觉得唐朝在当时世界上的文明国家来讲，算是一个比较开放的社会风气。所以我觉得有一个很有趣的对比是当时唐朝和现在中国的状况来比较，为什么变成现在这样子呢？我认为可以作为一种思考的题目，就好像我们常常会想起自己的童年，童年的性格好像跟现在的性格相差很远，也许有相同地方，也有很多地方是不一样的，为什么会变成这样？我考虑了很多，也许这些思考的过程中带来生活上的一些感觉，这方面是我觉得唐朝给我很特殊的一种因素。

这次狄仁杰面对的案件比上次更加复杂，而且更加的国际化？

徐克： 我觉得一个聪明的神探，必须具备一个很拍案惊奇的案情，一个奇案。我以前听到一些很吸引人的奇案，它们都有一个很奇妙的故事让我好奇，有些故事和电影讲的一些奇案，它们的开场会让你觉得“这世界上有这回事吗”，然后能够在故事里面回应我的好奇，好与坏就在故事中。

所以我觉得设计狄仁杰的系列也好，剧本也好，最难的一步就是让你吸引我之后，给我一个回应是我觉得满意的。特别是狄仁杰的故事，因为狄仁杰在我们的历史里面是有这个人的，在我们的文化里面，虽然他没做过神探，可是我们把他当成神探了，既然是我们当他是神探的话，我们观众看到他所处理的事件跟别的事件不一样，所以设计出很特别很特殊的事件。

这些案情都要带给我们超出意料的想法，可是超出意料的想法，要归纳到一个我们平常会接受的逻辑上，这种情况之下，就变成我们每一次给狄仁杰带来任务都是带有挑战性的。比如这次我们讲的是龙王的奇案，那世界上有龙王吗？我觉得这一点上就是我们电影里面的案情要追查出来的真相。

一般案情都会有一个很寻常的逻辑让我们接受，比如说突然有一个很厉害的人，他会呼风唤雨，然后我们常常在故事里面说，原来呼风唤雨是假的，原来他是骗人的。可是我觉得在狄仁杰的神探世界里，这并非是我们意料不到的事情，我觉得我们的逻辑常常给我们一种解释，但某种奇案中包含着大自然里很多看不出来的一些未知因素，类似一些在世界某个角落出现过的人物，比如说我们有些人潜水很厉害的，他可以在水下憋气很长时间，如果按正常的逻辑解释是不可能的，可是他确实能做到，所以我觉得狄仁杰的世界里面必须带有这种成分，让狄仁杰的世界更使我们觉得除了逻辑之外，还有一些现实里面也许我们想知道的好奇的地方。所以两个因素加起来的话，就变成每一次狄仁杰出现的一些奇案，都会让观众觉得故事很庞大，并且在别的故事里面未必会出现的故事。我希望这样来让狄仁杰更加在我们的世界神探的殿堂上更有一个位置，让他更有魅力。

虽然狄仁杰是个神探，但角色上也会有缺陷，比如不会游泳，这方面是怎么考虑的呢？

徐克： 我觉得每个人物的有趣地方是因为他有很多缺点，比如说一个很勇敢的人也许他很大意，他很细心可是他细心里面也是有他忽略的一点，这是他的缺点，可是缺点是带有一种对他的欣赏，对他有一种觉得这是很正常而且是一种很值得我们去尊重的东西。

我讲过狄仁杰是一个完美的人，可是完美的人不代表你是什么东西都做对，完美的人是一种诚恳，让你觉得诚恳本来就是一种很原始的本性。他的善良跟他的纯真，是来自他的诚恳，而不是说完美是来自他，完美不是一个人很漂亮、武功很高而且判断力很强，完美是他让我觉得他是一个有血有肉的人，应该有的本质他都有，这是我觉得完美的地方。我觉得狄仁杰需要有一个过程达到我们对他的某种标准上的一个定位。他的不会游泳实际上在《通天帝国》中也有这个想法，因为我是觉得狄仁杰是怕水的，怕水的人挺多的，所以这一次我们拍潜水的部分，发现这个事实是真的，不是说是假的，连水深一点都下不去，我觉得真的是跟这个狄仁杰是很符合的。而且狄仁杰在来到洛阳城，还没经历过这么多的大案情的时候，我觉得他还是有他的经历成熟之前的一个阶段，哪怕是他木讷一点，我觉得木讷是很对的，如果他一来就很会讲话，很熟悉而且很有经验的话，就好像他是很有背景的人物，而不是一个从很基本的草根出来的人物。虽然狄仁杰他的家庭背景都是仕途，跟做官有关，可是我觉得狄仁杰在我的心目中应该是比较接近我一点，他出来的形象比较低调，而且带有很多我们现代人的某种缺点，可是故事里面的剧情尽量安排到他可以做到一些我们现在做不到的事情。

你是如何指导赵又廷让他更有狄仁杰的感觉的？

徐克： 我一直在看狄仁杰，我觉得他是个知识分子，但是我们把他改造成一个会武功的人，这点上我们在《通天帝国》中我就想过怎样去符合剧情的需要以及让观众接受，我常常觉得如果一个人很聪明但总让人保护会很惨的，不管是女性，男性也是，每一次出来都让人保护，至少聪明一点有方法去躲避这件事情，所以狄仁杰会武功在意愿上是合理的，就算我是狄仁杰我也会学一些东西去帮自己的忙。赵又廷的状态中，知识分子的气质他一定有的，他还有一个东西是我觉得很重要，就是他自己的一些想法，他不是用很设计的方法去表现出来，这让我觉得他很接近我们生活中的人，我觉得狄仁杰很需要这点，因为狄仁杰不能看着很辛苦，很多演员太用力去演某种角色，这个人他本来就很沉重，有很多过去的经验、背景，还要

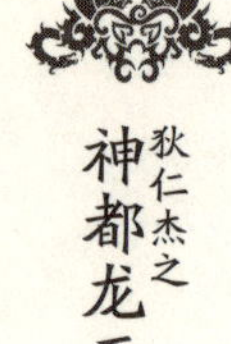

面对武则天对他的怀疑，如果他用很沉重的方式表演的话看起来就不太舒服。赵又廷他有一种乐观、轻松的状态，这个气质是我们所需要的。我觉得他有点不适应的一种状态，这是狄仁杰很有趣的一点，他不是官场中很常见的一眼就能让人看出来他是官的人，他其实在想法律怎样去帮人来作为自己的使命，他可能很不会把自己放在官场做事情，但他会尽量去适应，以他的语言和精神状态，很像刚到洛阳、到大理寺做事的执行法律的人，无论他跟他的上司、同事如何，他都像一个旁观者，这个点上我觉得赵又廷是有的，所以说赵又廷一直在找感觉，他在找的这个过程中已经是狄仁杰了，因为狄仁杰也一直在找自己，这一点上我就觉得他很像一个刚到洛阳城的人。

狄仁杰和沙陀忠给人的感觉好像福尔摩斯和华生，您怎么形容两个人的关系？

徐克： 确实有相同的地方。因为沙陀忠是一个医生，华生也是一个医生，可是我就是不想他们老是在推理，因为福尔摩斯最闷的地方是他不断在推理，那狄仁杰也必须推理，推理怎么来拍摄呢？所以有两段戏我当时比较苦恼，一个是他第一次见到沙陀忠，他不是说要说服沙陀忠来帮他，他必须让沙陀忠能接受他可以改变沙陀忠命运这件事情，所以这个过程里面他讲了很多关于沙陀忠的事情，因为沙陀忠问为什么他知道这些事情，他要解释，这解释的过程里面就变成，狄仁杰有很多话要讲，就等于恢复到我一直很担心的福尔摩斯的毛病，他一讲推理的话，就有很多的因素解释他为什么有这种结论出来。我看了一些福尔摩斯的电影，当这些电影遇到这些问题时，会常常让这个福尔摩斯耍宝，或是做了很多手法上的处理，可是归根到底是要听他的，所以这点上我尽量是希望做到观众去看狄仁杰解

释他的看法，然后还是愿意对这个狄仁杰的这种推理认同，来继续让这个故事发展下去；第二段是他发觉某种案情时，除了里面有一个东海帮的阴谋之外，他也要解释下是什么状况，是怎么回事，我们就把解释的片段切成几场戏来演，希望这样的话，以故事发展的状态来交代狄仁杰破案的过程，要强过只用对白来讲，虽然靠对白讲是很重要的。我记得《通天帝国》的时候是在破赤焰金龟案的过程里面，都要讲一番话，这个过程里面带出了狄仁杰和沙陀忠两人昔日的友情，觉得两个人经历那么多的长期的友情，而在武后这个观点上两个人对立的感觉，用这种情怀去贯通狄仁杰对沙陀忠最后一番分析出来的案情的结论。所以在这点上我就考虑要不要带回《通天帝国》的这种元素放在《狄仁杰前传》里面，后来我就决定说先不要这样想，先把沙陀忠跟狄仁杰做一个重新来过的基础，那也许在里面怎么样都逃不出观众的联想，这个联想也许更有趣。

尉迟真金这个人物在设计时是怎么考虑的？

徐克： 尉迟真金这个人物很困扰，当初开始设计的时候，编剧就很想把他变成一个比较没有主意的人，我就觉得在狄仁杰的世界里面，他旁边人不聪明的话，狄仁杰不显得聪明，如果旁边人越聪明的话，狄仁杰就更聪明，所以对尉迟真金这个大理寺的人，他不可能是不精明，不可能不是一个很厉害的人，他一定要很厉害的。所以我要设计一个比裴东来更厉害的人物出来，裴东来在观众的心目中已经很鲜明而且是印象很深的一个人物，我们在制造这个大理寺的主管有这种魅力的话是比较费神的，所以我当时就想这个人物怎么样设计出来让他可以变成一个跟裴东来完全不一样的人，也是很费神。在《狄仁杰前传》里面，我的观点是尉迟真金也很强，如果没有狄仁杰的话，在武则天的眼里尉迟真金是一个理所当然要坐在那么高位置的人，这个进行的很快而且他的官越做越大，可能将来不一定是大理寺里面的主管，他可能变成武则天旁边很重要的一个大臣，可偏偏出来一个狄仁杰，所以这里面狄仁杰、尉迟真金和武则天这三个人物会发展成什么样的一个关系，我觉得是一个很有趣的空间，而且这空间是可以发展下去的，在官场在仕途，在所谓人与人之间的关系，我常常觉得在某种利益关系里面两个人会有矛盾、有冲突，所以尉迟真金和狄仁杰的关系就留下来一个很好的题目，将来他们会变成什么样子，那再说了。狄仁杰在《狄仁杰前传》的最后很受重视，尉迟真金当然就被轻视了，尉迟真金的本事在《狄仁杰前传》中还是高过于狄仁杰的，所以我要的想法是把狄仁杰和尉迟真金的关系延续下去，让狄仁杰在之后的故事中不是那么容易什么事情都可以顺利解决的，他会遇上很多困难。

狄仁杰和尉迟真金两人的双雄对峙会让人觉得更有意思？

徐克： 我觉得像狄仁杰这种人，会遇上很多意想不到的困难，特别是和他在一起的同事、上司或是下属，一定给他很多困扰，因为他背负了一个很大的任务，而每个任务里面都会影响到很多人的一些事业和人生，这点上我觉得一定会有他的一些难处。如果他身边摆了一个武则天摆了一个尉迟真金的话，那武则天处处要小心他，因为武则天觉得这个人很聪明、很有办法。当然历史上不是这样子，历史上狄仁杰跟武则天没有像我们讲的有很多戏剧性的发展，可是狄仁杰也经历过很不寻常的徘徊生命边缘的事，我常常在想为什么在这些历史中所谓厉害的人物都常常会有生命危险，也许他招惹了一些人导致对他有看法，所以《狄仁杰前传》里面的狄仁杰就会受到武则天和尉迟真金对他的一个看法。整个故事发展到结尾时，尉迟真金跟狄仁杰有一定的友情的基础，可是友情的基础发展下去不知道是什么样子。

这次武则天是登基前的状态，所以造型方面和《通天帝国》是不同的，会有哪些不同呢？

徐克： 在《通天帝国》里面，武则天很老练，她的气场比《狄仁杰前传》中要强，可是在前传中因为武则天刚坐上执政的位置，有一种状态推动她来给她的大臣一种压力，所以这一集中的武则天与《通天帝国》的武则天的区别，在于她的愤怒和情绪更表面化，上一集她全收起来了，这一集她直接告诉你“我不高兴”。在整个人物的拍摄中，武则天所有情绪的东西都是带给狄仁杰和尉迟真金的一种恐惧，她随时可以发脾气，随时可以很欣赏你突然又怀疑你，这点上我觉得是给刘嘉玲的一个不同处理。同时《狄仁杰前传》中还有高宗，在《通天帝国》中是武则天一个人对付狄仁杰，现在中间还有个高宗，所以她对狄仁杰还不是感觉上距离拉得很近的人，可是我们知道武则天和狄仁杰是脱离不了两人很密切的关系。所以这点上除了戏路之外，在武则天的造型方面也做出很多她很想镇压当时对女性执政抱有异议者的威严，所以她造型很夸张，夸张的程度到她戴头饰戴得很辛苦，但开场她戴的凤凰头饰，已经确定了武则天在大臣面前想要表达的东西，她不是一个低调的人，告诉你是一个很高调的人。

梁家辉在《通天帝国》中最后比较阴郁，而《狄仁杰前传》中沙陀忠比较单纯，你是不是感觉有些阴郁的人他有很单纯的过去？

徐克： 不是绝对。我觉得每个人变成某个状态都有自己的原因，我自己

愿意看到沙陀忠是很开朗的一个人，可是由于他是一个不被重视的人物，所以狄仁杰在用他的时候，他觉得自己有一种表现的机会，因为每次狄仁杰找他他都带有很兴奋的反应，而且他对狄仁杰的每一步都很聪明的反应到之前狄仁杰讲的话，他会用狄仁杰过去跟他讲过的话去跟他解释这段话前文对后理的矛盾。

你说过电影就是一个解决问题的办法？

徐克： 是的，比如我们在街道拍，有一场戏感觉不太够，我就让一个人坐在屋顶上去做这个镜头，要拍的话机器要够高，我就问摄影师蔡崇辉镜头够不够高，他说够，镜头摇下去一看，很多道具都不够，因为是补戏，没想到要准备很多。道具组就去找高架，我以为就是找普通的，原来找了两个大高架，运过来挺辛苦的，因为也是最后一天，道具人手不够，拍摄点还分了三个地方，一个在影棚，一个在影棚外，一个在街道，所以我昨天说够了，不要再陈设下去了，镜头在拍之前他们还在改陈设，很用心，超出了我的要求来拍。

「赵又廷」

这个戏很早就找你聊过，这中间他应该会跟你介绍怎么拍，还是你们都没什么互动？

赵又廷： 我跟导演开拍前只碰了三次，第一次是他来台湾工作，我们见了面，他就大致说了这个东西，他要拍狄仁杰，会跟谁有很大的关系，我现在在想会怎么拍。他问你会游泳吗，我说应该不会死的，他说好。他说到时候可能会怎么样怎么样，你要注意……就很简短地聊，常常在说豆导，豆导怎么样讨人厌啊……开玩笑。第二次就是这件事情已经确定了，合约都来了，我想说好突然啊，就飞过来定妆，跟导演见面，他也没有跟我聊太多，我也有点紧张，那时候刚好在练琴，就问他们可不可以请导演见面，导演就挪出了一点时间，我们边喝咖啡边聊这个事情。结论是我也不知道，你到时候怎么样我们再跟你说，我想那就这样吧。第三次是开拍前一两天，到剧组开会，我就坐在旁边听大家开会，再聊了一下狄仁杰，但是聊了不到几分钟，他就开始讲他潜水的故事，他常潜水啊，他有多个执照，很厉害。我想说，然后呢导演，可以跟我讲一下狄仁杰到底是怎么样的吗，就拍了。过程中，也没讲什么，我不知道我到底怎么样，往往都是一条过，一直都一条过。我就觉得是我被放弃了吗，还是怎么办，还是他觉得这个演员只能到这个位置？我是很需要激励的演员，你还要再多更多，我就会给你那么多，如果你不说，我不知道怎么样，后来就这样一直拍下去。有一天跟南生姐聊天，我就问她，我说现在状况这样，我都是一条过。她说你有问题你就可以直接问他啊，你有问题他绝对帮你解答。可是我也没有问题，我对我自己做的东西蛮有自信的，只是我不知道。她说，如果你没有问题，他也没有跟你讲的话，就是没有问题了。我想说，是吗，那好吧。就一路拍到现在。

在某些方面我找到了跟导演类似的地方，我也会给人距离感，但是我很努力地把那个东西拿掉。因为我想要接近人间，接近凡人，我要多吸收经验，但我觉得导演不需要掩盖那个东西，了解他的人就会了解他。

换个角度来讲，是不是你心里想的东西，已经是导演要的，你们达成了奇怪的默契是彼此知道对方要什么？

赵又廷：我觉得有，只是没有中间那个过程，比如我跟蔡导、跟豆导都是有一个过程在的，到现在拍戏不需要沟通，他们说要什么，我直接来了，就是他们要的，我很了解他们要什么。这次摸索的过程，对我来说，就是两个人都在黑暗当中的，我牵到他的手，感到一丝温暖。

什么时候开始慢慢进入角色？

赵又廷：最关键的一点，我们拍了一个礼拜，人家约我，说导演让你去看回放，我想事情严重了，但是我很开心，终于可以知道他在想什么了，但是得到的讯息还是很抽象，他说希望你把角色的魅力带出来，再有魅力一点。我想说对不起导演，我长得……我尽力。我想说怎么把魅力带出来，他没有给我一个方法，我想说我只好自己找了。他说我希望你再进入这个状况一点。这样讲，接下来的话因人而异，有人听了会不认同，有人会同意。我后来发现导演在拍漫画，漫画的表演方式跟文艺片，跟其他片子是不一样的，漫画是形式感存在的，让自己具备那种形式感，推翻了不要说古装就是怎么样，一个角色在一个特写很酷，他就必须是那个样子，我能理解，我知道导演要什么，他拍一个特写，说看那边，我就知道一定是那种，他要这个，我也能理解为什么。到时候他剪起来是没有问题的。从那次之后就没有再约谈过，也没有让我看回放，但我不知道。我那时候跟他要求说，导演，不如这样，如果你还有不满意的东西，之前拍的那些都重拍好了，我很愿意做到你要的。他说当然，一定要重拍的，我说好，现在隔了两个多月了，没有要回去重拍的意思，我有点担心。

他应该是大局观，而不是一小段一小段地看？

赵又廷： 导演也在抓，他当时也在找这个演员能给我什么东西，比如沙陀忠，旁观者清嘛，我看小新（林更新）这个角色，导演越来越把他调整成适合小新的角色，而不是逼着小新像沙陀忠。不说了，说下去会伤人。

之前你对徐克的印象是怎么样的？

赵又廷： 就是武侠片、古装片，我心里就是这些。我后来才知道很多我以为是他导的戏其实是他监制的，但我想他的创意元素完全投入在作品中，徐克好像不太需要大家去研究吧，谁不知道导演，谁不知道他的作品。

进组之前，你有什么期待吗？

赵又廷： 我本来的期待是，因为这个东西很新鲜，第一次拍古装戏，又是跟导演合作，是有一定的挑战性的，我当然很兴奋，期待看到另外一个面貌的自己。前一阵子的戏，虽然每个都有展现不同的面貌，就想说是不是还可以突破，再给大家看到另外的赵又廷，希望导演可以把这个带给我。没想到面貌出来之后就是赵树海。我觉得这真的很怪，每天早上照镜子就像看到自己的老爸一样，有亲切感，但是很不习惯。真正进来之后，这个剧组带给我全新的感受，效率之高啊，我想蔡导拍这个戏可能拍十年吧。大家都很有经验，很知道怎么利用镜头做到导演要的，导演的节奏实在是太难跟上了，其实摄影、灯光、道具，我真的觉得很厉害，随时导演要这个，就立刻大改，一直都是这样，我觉得他们很厉害。我不太习惯的是香港式的工作方式，导演很尊重演员，能让我们休息就多休息，都保持在不超时的状态，让我们保持好的状态，但是很快，真的很快，就会自己绷紧一点，你要靠导演来帮你，他可能没空，他在想他的东西，你自己最好皮绷紧一点，自己把自己掌握好，到了镜头前最好知道自己要干嘛，演好戏，因为可能一下就过了，你就没机会了，所以还蛮紧张刺激的。

你大概是唯一一个现场等待的时候不看剧本的演员，是在家里做完过来了？

赵又廷： 必须啊，这是应该的吧。虽然我们每天都会发新的剧纸，有时会做修改，我觉得是好的，根据我们已经拍的内容做调整。他在这方面没有太要求，只要你把意思说对，就好，不是说每一个字都要按照剧本写的。

你觉得徐克孤独吗？

赵又廷： 我觉得还好，我有一个直觉，导演现在拍的算是开心轻松愉快的，但我觉得他自己在剪片子的时候，才会是他得到最大乐趣的时候。我觉得最能跟他分享他的创意乐趣的就是他自己，自己在跟自己创作的时候可能会达到最大的满足和愉悦感，而不是在这边，这边是我们一起得到素材。

第一次拍古装戏，这一次的环境或场景有没有让你印象深刻的？

赵又廷： 好绿哦（绿幕），到处都是绿色。来横店拍戏就让我很新鲜，我觉得很酷。很多人都跟我说你去横店啊，保重啊，很多人说，我就吓死了，我心里想的画面是那种西部牛仔片里面很荒凉的小镇，一条街八个商店，有干的草这样飞过，我想说那怎么办，要买什么都没有。来的时候发现完全不是那么回事，开发得非常完整，要什么有什么，住的条件也很好，怎么样也没台湾热，无所谓，没有很苦。但是很酷啊，有一天我要从化妆车

跑到现场去，我跟助理两个人就迷路了，我忘了在哪里，我们迷失在城里面，两个人晚上没有灯，绕了好久才终于找到原路，以后就知道跟着灯光走，不要乱跑抄捷径很酷啊，这些环境在这里，你会很自然被带进来，当然你自己也要想象很多事情，但对我们帮助很多。

还没有特别合成出来的东西，很多都是靠想象，有难度吗？

赵又廷： 当然是有，一定有，而且会更增加不确定，我是需要看到东西才会产生情绪，甚至比如借位置，跟我对戏的演员不在我会找不到感觉，如果我应该看到千军万马，明明我看到是空的，或者绿色的，很难想象到底是怎么样，我不知道怎么说。其实当你看到的是一片东西跟你看一个东西，你的眼睛是不一样的，我就怀疑我是不是能做到，或者做的对不对，有点担心这部分。

你这次很有挑战性，因为前面有一个狄仁杰在，你怎么看？

赵又廷： 是有压力，毕竟刘德华大哥饰演的狄仁杰是这么深入人心的一个角色，但我有很努力地去抛开我看过《通天帝国》这件事情，我不想要去模仿他，我也做不到他能做到的事情，我只好开拓出自己的一条路。本来想从导演那里得到一些咨询，但我得不到什么东西，他的思维逻辑太跳跃了，我只能自己想，我想反正我就给你，你要你就要，你不要你就说不要，就这样一直删删删，删到最后，出现了一个形态。

什么让你觉得很跳跃？

赵又廷： 他说，我觉得这个狄仁杰很特别，不像一般人，天才都是很怪的，

但是我不希望他像福尔摩斯或其他的谁谁谁，我说好，你觉得他像什么呢，我可以做参考。他说我也不知道。差不多对话是这样子的，我得到的咨询很有限，我想说那我就自己来吧，我从另一个方向问他，我问导演你为什么找我演狄仁杰，为什么我适合？他就说因为别人想不到。我想说哦，好，那就来吧。

你自己找到什么样的方式去塑造狄仁杰呢？

赵又廷： 我觉得导演讲的很重要的一点，我也非常同意的一点，他说我们虽然拍古装戏，但是你不需要认为我们在拍古装戏，他说很多人拍古装戏台词会说得很慢，段落分明，有那个东西在，他说不要，你就像平常说话，一般人会干嘛就干嘛，你穿古装，你觉得哪里不舒服，你就移动它就好了，当时人一定会这么做的，袖子让你很烦你就拉起来就好了，我说好，跟我想的差不多，我把这个角色往我拉，我不贴过去太多，我把他拉过来多一点。

你觉得狄仁杰是什么样的人？

赵又廷： 有几个点吧，他当然是一个很正义的形象，但我不希望他是太严肃的一个人，但不是说搞笑啊，他看透了很多事情，他有大智慧，不在乎很多事情，很轻松开心地在过着生活，他有抱负和理想，但是一些小事情，他是不太会有情绪上的波动的人。

狄仁杰身上有导演的影子吗？

赵又廷： 有，绝对有。这个角色基本上由导演扮演的话，我觉得应该会拿遍所有影展大奖吧，太厉害了太像他了，思考的状态，掌握大局的，心里同时想了无数条线，盘算着一切，那些东西都是他。是永远做好准备的一个人，做了准备之后所以他可以对人很轻松，也可以很严肃，随便他，我觉得是这样子的角色。连胡子都一样，真的觉得很多东西很像他自己。我可能把他演得比较正常一点，凡人所能理解的，我一直觉得导演是一只独角兽，他能力很强大，很稀有，会飞，跑得很快，很聪明，但是因为他是独角兽，所以只有他一个人，他想跟马一起跑，虽然马追不上他，跑一跑，马累了，他去飞一圈回来，问“好了吗”，继续跑。我觉得导演比较像独角兽。

你跟尉迟的关系彼此有竞争的感觉，如何处理的？

赵又廷：小心翼翼吧，很敏感，又像一对恋人，其中一个我的角色就是随时观察你，注意你的情绪怎么样，你想听什么话，我应该做什么让你开心，或者不做什么，随时在注意这些，他知道他需要尉迟真金的力量才能破案，这么有才能的人，如果只是因为跟自己不对头，两个人看不顺眼，就丧失了这么大的力量，那得不偿失，所以他把尉迟导向跟他一起的方向，过程中两个人不见血。

他一开始就看清楚尉迟的状况了吧？

赵又廷：尉迟城府固然深，但也算是蛮情绪直接的人。他不是太复杂，他想要争功劳，他想要升职，他想要在武后面前有面子，很容易了解，他讨厌狄仁杰，因为狄仁杰对他是威胁，也可以理解，他对睿姬有感情，所以都不难理解。

尉迟的角色是不是在现代的社会很多？

赵又廷： 我相信是吧，但是很多人完全比不上尉迟，他是很有能力很强大的人，文武双全，现在很多人没有这个自知之明，就想法跟他一样。

「冯绍峰」

先介绍一下自己在戏中的角色吧。

冯绍峰： 这一次我电影中饰演的角色叫尉迟真金，他是一个大理寺卿，就相当于我们现在的检察总长。

上一次是邓超饰演的白发神探，这一次你饰演的是红发神探，当知道自己的造型时感觉是怎样的？

冯绍峰： 他延续我，我是前传嘛。我觉得我们两个人的造型都很有特点，他的是白发，脸也是白的，我这个是一头红发，包括我的眼睛也是戴着碧蓝色的隐形眼镜，从造型来说我感觉导演希望这个角色是热情奔放、热情似火的一个角色，比较张扬一些，从性格来讲比较强悍的一个人，跑到哪儿打到哪儿，见谁都打。

导演在给你阐述剧本时有没有讲到角色的事情呢？

冯绍峰： 导演非常喜爱《狄仁杰前传》中每一个角色，每个角色都有很多的设计和想法，有一次聊天时他问我，你觉得这个尉迟真金他像个什么动物，我想了想，我觉得是一匹狼，一匹饿狼，残暴的狼。虽然比喻有点贬义，但是我觉得他是一个亦正亦邪的人，他有着强烈的性格，遇到事或人的时候会让人琢磨不定这个人在想什么要做什么，如果我能做到导演的这个要求，我觉得这个角色就是完成了。

有一天在对戏时导演突然说你跟武则天很熟，你不是那么怕她的，这个有没有带动你对角色有不一样的认识，你怎么调整的？

冯绍峰： 我刚开始演的时候，按照常理有君臣之礼，她毕竟是武则天，我是她的一个臣子。他对他的手下是一面，他作为臣子时是这样的一个表现方式。没想到导演给我一个特殊的提示，他觉得你们是非常亲近的，你跟别的官员不同，你在她面前更自由、更放松、更坦然地去表达你的问题，包括你对一些事情你可以表现出你的态度，我觉得这一点对我来说受益匪浅，一下子这个角色的特征就非常明显。我再看剧本的时候喜欢设想，做演员做功课喜欢做很多假设，我在想这个尉迟真金跟武则天有一腿吗？他俩会不会有暧昧的关系，我想也有可能，但是后来我在拍摄时候导演也没有说往这个方面去走，只是为了研究这个角色有更多好玩的反响而已。

你觉得尉迟身上有导演的影子吗？

冯绍峰： 我经常偷偷地在观察导演，我觉得他就是非常有特点的一个人，因为我是一个演员，演员平时就喜欢观察人物，我从导演身上捕捉到很多尉迟真金的感觉，包括他的锋利、他的眼神、他有时让人捉摸不定的感觉。导演经常给我举例子，说尉迟真金你跟你的手下，跟一个人去聊案件你是什么态度，你要把自己当成一个导演，你是一个导演，那你跟编剧聊剧本时你是什么样？有时我会去观察导演，有时他坐在那里，戴个墨镜，他好

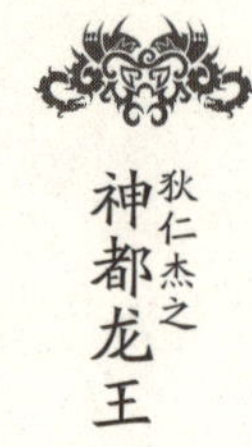

像睡着了，摆个pose，他是特别有pose感的人，包括他走路的姿势平时都是风风火火英姿飒爽的，他的形体感觉特别好，从他身上我可以捕捉很多东西放在尉迟真金这个角色上。

你在戏里面跟狄仁杰是一个双雄竞争的状态，你有发现细节去表现两边交锋的感觉吗？

冯绍峰：确实是两人在争。这部戏我对赵又廷很抱歉，我在戏里没有给过他一次好脸色看，每次都凶巴巴的，其实我们俩人关系特别好，通过这次拍摄我俩变成特别好的兄弟、朋友，以后有机会真想再跟赵又廷合作。但是戏里面我俩确实较劲，尤其是尉迟真金，一个如此自负的人，在那个年代那样年轻，武功又好又是高官，突然来了一个那么强劲、聪明的对手，他就觉得被抢了风头，他有那种感觉，这是我觉得他的人性的一面，从演员的角色来讲是很过瘾的，他有弱点，这个人性弱点对我来讲是一个很重要的特点。尉迟真金跟狄仁杰从开始的那种争、斗，到最后他们是英雄惺惺相惜的，这俩人大体来讲一文一武，他想办法我去办，因为我武功高，他足智多谋，所以是一个很好的搭档，是一个黄金组合，包括到后面我送他马，助他一臂之力，戏里面我救了他很多次他也救了我很多次，别看平时这俩人掐、水火不相容，遇到关头时彼此还是互相照顾、帮助的，有一些戏演起来很有意思，我明明是相机与他帮助，但我还是在硬撑，装作我并不像在还你人情，感觉咱俩相欠一样，很有意思。

你中间有些设想有没有表现出来让导演发现？

冯绍峰：我和导演是第一次合作，刚开始的时候彼此会有一个互相了解的过程，拍摄的时候我慢慢掌握和观察导演对这个角色的感觉，他想要什么样的我该怎样去表现，我觉得导演是一个实干家，他不太喜欢聊很多东西，他喜欢去做，甚至他有很多冲动他做给你看，我觉得他是一个非常有热情、拍戏非常有冲动的导演，他有时会兴奋地跑到现场自己摆pose、演一遍给你看，比如我提前几天我会问导演过几天要拍这个戏你觉得我怎么处理比较好，导演会想一想，然后看着我说："这个我要想一下，因为我要看你的对手怎么样。"到现场有很多随机的东西，我现在不可能说死，整个剧组在现场都是一起来做这个创作，一起迸发出更多的火花揉在一起把这个东西弄出来，我觉得这是一个很过瘾的事情。

徐克和其他导演确实有不太一样的地方，比如在现场即兴创作，你在和他合作的过程中有适应的过程吗？

冯绍峰： 从拍摄来讲我有很多拍摄的经验，但这次导演给我的感觉是他拍的特别细致，同样的一句话，同样一段戏他会选择很多个角度来拍，拍完这里我觉得应该拍完了，我就准备下一场戏， 但是还没拍完，还要换个角度再拍一遍。一开始有一些长段台词，包括我自己在表演的时候台词有一些压力，因为是古文，有时候我怕我忘词，之后不怕忘词了，等着我的变数多着呢，就算我这遍讲完，我还有无数个角度还得再拍，就大着胆演吧，就不会再成为一个太大的障碍了。

后来是不是找到了方式去面对这样的情况

冯绍峰： 对，因为我觉得导演他不停的会有新的想法，他是一个创作非常活跃、思维非常活跃的导演，所以我们所有人，比如大家跟着他一起工作、一起学习去拍戏，当我们朝着一个方向觉得我们终于做到了导演要的东西时，突然又迸发出一个更好的想法，给我们也是非常大的考验和挑战，所以觉得这次是一个很好的学习的机会。

尉迟真金身上的锋利有时候是不是也和导演有一些相似

冯绍峰： 我看到有一次一个群众演员在捅狄仁杰，捅了十几条没过，导演就一拍桌子，自己过去穿衣服，正好有一个面具，他就戴上面具，自己在那里捅，一条就过了，他通过自己身体力行的方式去解决这个问题，让大家都惊到了，感叹导演这种自己来做的精神，我与其说我不如自己来做的这种感觉。

你这次红发的造型让这个角色像一把火

冯绍峰： 你看我这个头发，我有十几年没有染过头发了，这次染完之后还要不停地漂，漂完再上色，因为从黑色直接染成红色会比较困难，我的头发也是很干的，有时拿梳子都梳不开，但我觉得这些都无所谓。我觉得这个角色所带个人的全新的感觉是我所没有尝试过的，是我很喜欢的一个造型。

造型是外部的设定，内部的设定是张扬得像狼一样的尉迟真金，你在动作上面有没有帮他做一些设定？是不是肢体动作会比较大一些，或是元彬给你设计的动作会特别不一样的动作？

冯绍峰： 这个人的动作都是很潇洒飘逸的，迅速、迅猛，从我们现代化来讲这个角色很有范儿，包括他走路、pose，他的任何东西都是有范儿的。

作为这个人物来讲，在当时唐朝他年纪那么轻，武功那么高，应该说他是里面武功最高的一个人，他能做到大理寺卿这个位置，有时候几乎他和武则天说话也不那么卑微，有事说事的一个态度，所以他年少得志，他表现出的一切都非常自信，我觉得是很有魅力的一个人。

「林更新」

你对沙陀忠这个角色又怎样的想法？

林更新： 我通过剧本来看，沙陀忠是一个很活泼的人，和尉迟、狄仁杰是截然不同的。我演的话肯定是根据剧本想象创造的东西，跟最初导演要求的可能会有一点点差别，因为当我说这个沙陀忠是比较活泼时，他说应该不完全这样，他说是狄仁杰的一个搭档，他没有说得很具体，他说的是一个比较机智聪明的角色，我想的那种活泼是类似天真一点，没有太多思维太多想法的一个，但结果不这样。

我感觉当导演了解你以后他有往你性格的感觉上靠，你有感觉吗？

林更新： 有感觉到，从最开始他会让我先自己创造，看我自己会演成什么样子，在中途也和我讲过，再聪明一点机敏一点，但我会有一些改善，后来大方向还是按照我自然的一种状态来继续下去。

因为《通天帝国》里面梁家辉演这个角色，你这是前传，你有没有

想过有些方面会延续还是颠覆？

林更新： 在看剧本的时候，我就说多看几次影片，看影片后再看看我的剧本。我觉得我想更多地告诉自己，这个只是前传，每个人的成长，他的成长过程当中发生什么这些没有交代而已，但前面他就是一个善良的人，那我没有顾虑很多。因为那部戏他应该算是一个反派吧，在这部戏不是反派，他是一个善良的孩子。

那你这次不是负责打戏的吧？

林更新： 不负责。打戏的话会参与，每一场打都会参与啊，我负责捣乱，被别人救，负责给狄仁杰找麻烦，他总会在战场上找到一些乐趣。

你见了睿姬是不是要表现得很羞涩？

林更新： 所以我觉得红润可能看不出来，看后期的特效会把他弄成什么，弄成什么就是什么。

但是你当时演的时候是没有那个羞涩的感觉的？

林更新： 我对 Baby？对她有没有羞涩我觉得蛮难讲的。我如果说没有羞涩，会觉得说这个女人没有魅力。哈哈哈。

在戏里面你怎么去把握这种羞涩呢，是导演很具体得去要求还是你在演的过程中你自己觉得是这样？

林更新： 那我刚刚演过一场羞涩的戏，在录这个之前，今天是补了一个羞涩的镜头。但有的时候觉得坐下来之后会有这种感觉，就很顺利，但有时前几条拍了都不太能找到那种感觉。

那你是那种很快就会进入到这个角色的，还是你要提前做功课？

林更新： 会提前做，因为每个人都不同，我看台词的时候会尽量想一些画面了，我可以想到的要做的东西，可能来到现场之后往往是会不一样的，导演说你根本就不在这里，你为什么要站着呢，有可能我在坐着的，他把我想到的东西否掉了，这个时候我会想开了，那就好吧，我就按照我目前的状态想法来做我该做的事儿。这是一个我要讲的话，这是我要完成的任务。把这个人当成我，我林更新应该怎么完成这样的任务，我就这样的状态。

在拍戏的过程中，哪一场戏是你印象特别深刻的，你自己设计了一些小动作，有没有这种具体的细节？

林更新： 这个人物的一些动作和行为上不一定会体现出机敏，但是根据剧情来讲，一般都是狄仁杰来拿定主意，沙陀忠来协助他。那也可以说狄仁杰是真的有想法，但有些真的本事他做不到，他需要别人来协助他，恰巧沙陀忠就有这样的能力。例如说，狄仁杰想出狱，他知道沙陀忠是一个学医的，他有这样的想法，但实际上他需要沙陀忠来帮助他。

这个角色比较可爱，有一些小聪明，好像你本人给大家的印象，你怎么看？

林更新： 在我看到这个剧本的时候，我不光是看我自己的角色，也在设想一下有没有可能性能够去驾驭其他的角色。因为我知道导演有找哪一些演员去扮演哪一个角色，我也有思考导演找我来演这个角色肯定有他的道

理，可能我本身会具备这样一种人物的性格，和他比较相似，会觉得我身上固然会有这样的感觉。

沙陀忠是一个医官，拍摄的时候有受过这样的训练吗？你自己会去看一些相关的东西吗？

林更新： 开拍之前，有礼仪老师来教我一些基本的知识，针对特定的朝代，例如唐朝的一些礼仪文化、坐姿，还有一些生活习性。那我也有问医官这个职业有没有什么需要注意的，老师有讲我这个是官职特别低微的一个医官，所以相对注意还少一点。我也有一些戏份是这种实践操作的，导演他觉得沙陀忠是一个虽然官职不是很高，但医术还是蛮高明的人。我也有因为动作不利落拍很多次的时候，有时私下也会拿角色的百宝袋、药箱来做一些功课，如何快速地打开一些药，有一些步骤都要练习的。

其实古代和现代那种差别还是很大的，你有没有一些需要特别注意的地方？

林更新： 我倒没有很刻意吧，但现在为止拍的古装戏还是比现代戏多。首先拍这种戏呢，自身不会有太大压力，也没有说很刻意地去训练怎么走路，但角色固然会有一些在生活习惯上啊，还有它特有的文化是不同的。

在你以往的作品里面，周围也会有桃花运，但在这部电影里，跟狄仁杰的关系是主要的？

林更新： 这次是一点点的感情戏都没有的，每天就是跟在狄仁杰旁边，他的主要的一个职责就是协助他办案。

有时候会觉得你和狄仁杰这一对的关系很有意思，你怎么去看待，他们是什么样的一种关系？有点像福尔摩斯和华生这种感觉？

林更新： 我会觉得沙陀忠和狄仁杰这两者，可能某一个人离开某一个人，他不会把一件事做的很到位。狄仁杰他有他的智慧，但他也有一些具体操作的地方需要别人来协助他，密不可分。

沙陀忠和狄仁杰，戏外你们相处也蛮好的，你会把这种感情代入到角色中吗？

林更新： 会。在我们两个人扮演这个角色上，在演戏的时候，人与人之间的距离会拉近一点，不会有太多的阻碍，也不会有太多的顾虑，可能放得开自己更多一点。如果私下感情还不错，那戏中又是一对战友，自然就会显得感情很要好。

你私下跟赵又廷的关系不错？

林更新： 我觉得虽然他年纪比我大那么几岁，但那个几岁其实还好，没有什么不可以谈的，有什么话也可以讲，也可以放肆一点，双方都会很放肆，想讲什么话没有顾忌。因为我们知道对方不会太在意，不会生气，都是开玩笑的。

那这个是你拍戏之前会想到的吗？

林更新： 想不到，因为我不敢对人说他到底是一个什么样的人。相处下来之后，首先会觉得他是善良得发傻的一个人，对，我就觉得他善良到可能有些人会用一些话来怎么刺激他他都没有感觉到，他都在想另一方面的东西。

那这种东西是不是也是你比较欣赏的？

林更新： 我觉得这个人就是很实在，很实际。或许有些事情他会知道，但是他并不在意，他可能会不喜欢，但是他可以看不见，我觉得这样一个心态是蛮好的。

电影之外你们几个会聊一些什么？

林更新： 其实我不太喜欢和他聊天，但偶尔也会聊，我觉得两个男人在一起聊天很奇怪，我和他更多的是谈论，我们有共同语言，喜欢打电动。因为他是第一次来到横店，他对横店不是很熟悉，我觉得我们最开始切入的一个话题就是他问我哪里有好吃的哪里好玩，然后就找到共同点。

「Angelababy」

你在这部戏里面演的是一个花魁，然后这个花魁非常不一样，你自己怎么理解这个角色？

Angelababy： 大家一想到花魁可能就会想到那种雍容华贵、坏坏的女人，但是这个戏里面的花魁我觉得是为生活所逼所以她才走上了当花魁这条路。她也不爱钱财，纵使有很多达官贵人送很多的金银财宝给她可是她都不为所动，但是她很爱文学，是一个比较聪明比较有气质的一个花魁吧。

设定上面有个特别的地方，就是她是个万人迷。不知道是独特香味还是你说的魅力让大家倾倒，你觉得是怎么样的状况？

Angelababy： 我觉得是要给人物一个神秘感，所以她身上会有一个神奇的力量，就是让所有看到她的男人都为她痴迷为她倾倒。我觉得也可能是一种气质。

你觉得自己是万人迷吗？

Angelababy： 我比较招女生喜欢。所以在戏里面就是所有的男人看到都会大叫“哇”的那种感觉。

你有试着怎么样诠释让男人着迷的那种感觉吗？怎么抓那种感觉？

Angelababy： 尽量根据导演的要求吧！因为导演待在现场也会示范那种妩媚的状态。导演跟我说，怎么样吸引更多男人，就是你要很冷艳，眼神要这样看人，就是不把人放在眼里，所以就按照导演的要求来演吧。（万人迷有很多部分是导演教你的？）对。

你刚刚讲的是坏坏的，但是勾男人的部分他是怎么跟你讲的？

Angelababy： 他不是用讲的，他是用动作来表演的。导演觉得这个人物虽然不想把所有人都勾引过来，可是她的本能，她一站在那里人家就会为她的美貌或者她的气味所迷惑。

花魁只是其中一部分，这个角色还有一个很特殊的个性，导演有没

有跟你聊过要怎么样去演？

Angelababy： 有，我觉得在导演的戏里面所有女性的角色都是非常的美，不管是她走路的姿态或者整个的感觉都非常的美。这个睿姬可能更类似无骨美人，就是每个男人看到她都想去扶她一下，她好像随时都会被风吹走的那种感觉。刚刚相反，我上一个戏演的是会一点功夫的角色，突然到这边，走路的感觉有一点硬，然后导演开始的时候就要不断调整，要放松，放软一点。

你和导演合作开始会怕他吗？怎么怕？

Angelababy： 会。不敢跟他讲话，因为导演长的样子还有现场很严肃，而且很忙，一直在处理很多事情，不太敢去接近他。纵使好多人跟我讲其实导演好像一个小孩子一样、脾气非常好、对演员也非常好，但还是不太敢去跟他多讲话多接近。但是最近好多了，自从看完他演女生的床戏之后，就觉得，他是一个非常武侠的人，看他所有的电影都是在他的世界里。包括演他的电影，就觉得我在他的脑海中会是这样一个人，我会试着去找这种感觉。非常天马行空，你看我们每一个场景，包括在茶坊，天花板上吊满了布，下面挂着铃铛，真的是那么精致细致，非常荣幸可以和导演合作。

有没有学到什么，除了演一个妩媚的女人之外？

Angelababy： 从导演身上学到蛮多的。通常导演都会给我们示范，那些戏要怎么演，重要场次都会慢慢去调，他会很耐心去调整你的一些东西，对演员来说是收获最大的。

几个人私下会议论导演吗？议论什么？

Angelababy： 会啊。（有给导演取绰号吗？）没有，哪敢给导演取绰号啊！刚开始的时候大家在揣摩怎么跟导演亲近一点，然后去掌握拍戏的节奏，但是大家没有讨论出所以然。拍了很久熟悉之后，发现他是一个大小孩，表面上严肃，心里面是像小孩子一样。有工作人员告诉我，导演平时坐在那里看，然后嘣站起来就走走走。听到那些场景就觉得特别好玩，觉得他是老顽童，一直精力充沛地在拍戏。

戏里面意外出现的情欲戏、床戏，这个是你入行比较大的尺度。

Angelababy： 其实还好，笑，大家不要误会，其实真的还好。就是我到了横店我才知道，在试装的时候突然化妆姐姐就把我叫去，说在这里试吧，我说怎么了？她就说你有床戏啊，所以你的衣服在这里试比较好。我说啊？我怎么不知道。因为剧本上是轻轻地带过了，就不知道会拍到什么尺度，也期待了很久了说实话，到底会拍成怎么样，知道导演拍的时候画面都会特别美。然后要去看导演之前拍别的戏中的床戏、动作的场面是怎样，看床戏是怎么拍的，就觉得比较放心。然后那天最搞笑的是通告单上写着最后一场，激情戏，我在化妆的时候就很淡定地在化妆，然后赵又廷突然在那边大笑，大家就都看他怎么了，他就“哈哈哈哈，你们看最后一场戏是什么”，就有人念出来，“激情戏”。完了，这一天每一个现场的工作人员演员看到我都是“嘿嘿嘿嘿”这样的。

实际上拍的时候好玩吗？

Angelababy： 还蛮好玩的吧，因为我们是直接穿着衣服，然后导演来示范睿姬，就是导演想不到他平时那么严肃的一个人，他在示范的时候我就觉得，那些眼神和动作完全像一个女生一样，我真的是忍不住，导演每一遍在试的时候我就捂着嘴在旁边偷笑，太棒了，原来我到那一刻我才知道睿姬是那么主动的一个女人。对，有期待的东西了。

其实这个床戏也有点不大一样，就是你们不在床上演，只是在一个机器上演。

Angelababy： 对，有在床上演的部分。有在床上睿姬非常用力地把元公子压下去，笑。我还记得导演在帮我演的过程他有好多细节，他的脚勾得好高，然后眼神那一下，我就想要去模仿导演，结果发现导演比我还要媚。之后真正所谓的激情戏就还好，就是大家躺在一个升降的机器上，大家很慢很漂亮的去做动作，抚摸脸啊。但是有一个吓到我的场面就是他们要给我看效果图，效果图应该是很美的，衣服在飘，头发在飘的那种，但是非常不巧的是，给我看效果图的人一按下一张，是画像两个人没穿衣服，在那边飞着，然后我就“啊”马上弹开，难道是要给我做成这样吗？笑，那个只是一些效果，像我们怎样去加特效的那种效果。但那个吓到我了。

其实好像是一个蛮欢乐的床戏，你拍的时候浪漫吗？

Angelababy： 浪漫啊！过程很欢乐，但是实际上还是很浪漫的。元公子跟他相处了两个月了吧，这两个月一直都看着他龙王的造型，终于有一天他那么帅的出现在我面前。所以非常浪漫。

你拍这个戏受了多少伤？

Angelababy： 还蛮多的，我记得在染布坊有天很危险，那个布差点倒在我身上，还好剧照师帮我挡了一下。还有一次是穿这个衣服和狄仁杰在雨中，那天正好大风，有个水枪和不知道是什么的铁棍嘣倒下，就在我后面，砸到人家的肩膀马上就红了，还好没有太多的事情。还蛮危险的，还有那个枪砸到我 身上，避过两次，但还是肿了一次。

那你这次有吊威亚吗？

Angelababy： 有，是被龙王甩出去的时候。我还蛮兴奋的，我真的是比较喜欢吊威亚的一个人，因为觉得很自由，可以飞。那场戏拍到很困，他们说去吊威亚，我就“嗯？好啊”，从一个药柜滑下来，然后还要吐血。应该是蛮有趣的经历吧。

第一条结束之后其实还蛮痛苦的？

Angelababy： 痛，那个其实很痛，手上不能带护具，手要磨着柱子滚下来，还有药箱往头上扔。还有很多灰尘，脸上都是灰。

狄仁杰之神都龙王

徐克绘画手稿

大唐舰队出征高句丽，高大的楼船滑入水中。

狄仁杰远赴东海蝙蝠岛查案。

洛阳百花大会，车水马龙，繁花似锦。

花车上反弹琵琶的睿姬，倾国倾城。

神都百姓祭拜洛水龙王，祈求国泰民安。

武后和睿姬，两个最精彩的女人隔空相望。

箭如雨下，命悬一线之际，“龙王”终于显露真容。

神探狄仁杰水中驭马。

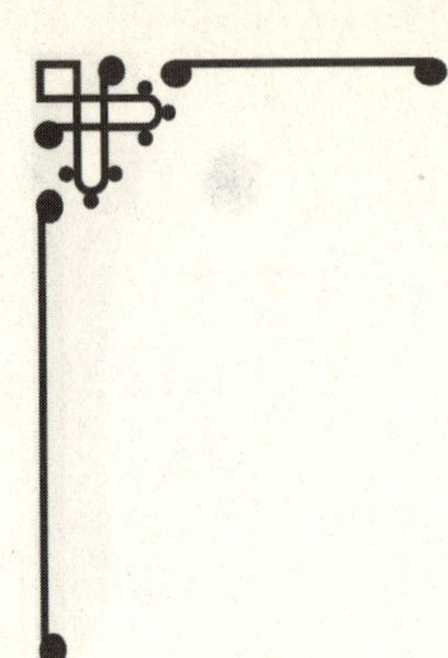

主创团队名单

出品人：王中军

总制片人：王中磊

制片人：施南生

总监制：陈国富

联合监制：张大军、詹德发

策划：杨庭恺、李志佩、吴锦超

监制、导演：徐克

动作导演：元彬

动作指导：林峰

编剧：张家鲁、徐克

摄影指导：蔡崇辉 HKSC

美术指导：麦国强

造型指导：余家安

服装指导：利碧君

剪辑：于柏杨

特效指导：金旭

后期制作总监：李治允

立体后期指导：李庸基

领衔主演

赵又廷——狄仁杰

冯绍峰——尉迟真金

杨颖(Angelababy)——银睿姬

金范——元镇

林更新——沙陀忠

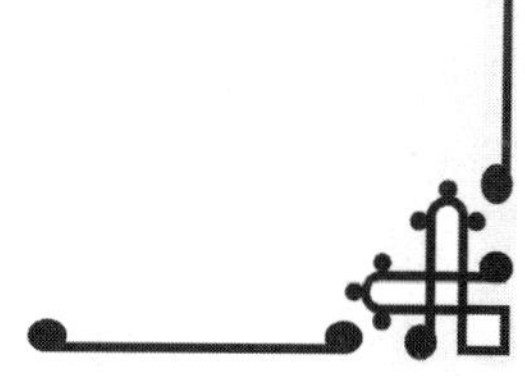